牛朝阳

七十年代生人。

  作为音乐人，作词作曲过《两只蝴蝶》、《窗外》、《心醉》、《杯水情歌》、《爱情乞丐》、《其实我很在乎你》、《吹眼睛》、《人在世上飘》、《深夜里你的手机为谁开》、《打工十二月》等当红金曲，并推出过个人词曲作品集和词曲唱专辑。

  作为编导，曾编剧、导演过《281封信》、《少女总裁》、《当雪花爱上梅花》等多部电视剧，并推出过由剧本改编的同名小说《281封信》、《少女总裁》。

  本书是他真正意义上的首部小说。

牛朝阳 >>> 著

两只蝴蝶

山东文艺出版社

图书在版编目（CIP）数据

两只蝴蝶/牛朝阳著.—济南：山东文艺出版社，2010.1
ISBN 978-7-5329-3146-0

Ⅰ.①两… Ⅱ.①牛… Ⅲ.①长篇小说-中国-当代 Ⅳ.①I247.5

中国版本图书馆 CIP 数据核字（2009）第 232887 号

主管部门	山东出版集团
集团网址	www.sdpress.com.cn
出版发行	山东文艺出版社
电子邮箱	sdwy@sdpress.com.cn
地　　址	济南经九路胜利大街 39 号
印　　刷	山东新华印刷厂德州厂
版　　次	2010 年 1 月第 1 版
	2010 年 1 月第 1 次印刷
规　　格	开本/140×210 毫米　32 开
	印张/9.5　插页/2　千字/156
定　　价	18.00 元

目录

1/// 水煮泡妞高手　001

2/// PSG潜伏计划　006

3/// 培训班的隐秘　012

4/// 山水之间有帅哥乎？　018

5/// 梁兄,我的梁兄！　023

6/// 吃苹果的紫蝴蝶　027

7/// 能捎我一段吗？　032

8/// 奔向蝴蝶谷　036

9/// 空姐之恋　041

10/// 大家都是有身份证的人　047

11/// 萍水相逢我拔刀　052

12/// 大风吹起漂亮女生　057

13/// 星星阁的第一夜（上）　062

14/// 仙女堡魔术揭秘　067

15/// 星星阁的第一夜（下）　073

16/// 篝火照亮狐狸精　078
17/// 史上最雷人谎言　084
18/// 关于理想的急转弯　090
19/// DKZ计划幕后真相　096
20/// 难道我是同性恋？　101
21/// 最后一个杀手　106
22/// 郭靖居然骗黄蓉！　112
23/// 好想好想跳火坑　116
24/// 灰太郎的号码牌　120
25/// 乱花渐欲迷人眼　125
26/// 雨夜迷踪　131
27/// 我的眼泪为你飞　136
28/// 手握闪电的男人　140
29/// 青春撞过很多腰　145
30/// 山谷里的眼睛　152

31/// 大雨洗过女儿心　157

32/// 小苍蝇的单恋　165

33/// 好的,而且……　170

34/// 星星阁的最后一夜　175

35/// 天地之吻　182

36/// 百花原的幸福时光　187

37/// 丛林搜救　194

38/// 听松亭上的意外　199

39/// 告别蝴蝶谷　204

40/// 小公主的画像　211

41/// 真爱撞卫星　216

42/// 咖啡惊雷　222

43/// 干掉回忆　227

44/// 老狐狸的爱　232

45/// 空姐之恋第二季　238

46/// 网店,直营快乐 245

47/// 鱼钓小猫 249

48/// 华丽的摊牌 254

49/// 秒杀全宇宙 259

50/// 无解之招 265

51/// 红尘间,心有灵犀 271

52/// 我要呼吸我的爱 278

53/// 终极憧憬 283

54/// 飞回我自己 289

55/// 蝶梦悠悠 295

1 水煮泡妞高手

"朋友,妞儿,不是这么泡滴。"

"南哥您得教教我。"

"江湖上的泡妞心法五花八门,门派众多,但其中精髓技巧,不过七招而已!你要得了这七招,天下美女攻无不克。"

易少南正在给一个哥们儿传授泡妞绝学。

不巧的是,这场一对一辅导却被另一个人偷偷旁听了!

更不巧的是,这个偷听的人就是——

易少南正在泡的妞儿!

这下麻烦大了。

那天,易少南和他的哥们儿去吃水煮鱼,叫女朋友孟小天也去,饭局完了还有歌局。

孟小天到的时候,餐厅门口没停车地儿了,服务生将孟小天的宝马320引到后院停车场,她就顺便从后门进了餐厅。

一进餐厅,就看见易少南和哥们儿神侃。孟小天眼珠一转,在人群中闪闪躲躲,调皮地偷偷摸过去,想听听易少南背后怎么议论自己。

易少南背靠一堵隔墙,孟小天就把耳朵竖起来贴在了墙上——这就是老评书中所谓"隔墙有耳"!

然后,孟小天就听到了这场对话——这场本来只应属于男性世界、对女性要绝对保密的对话!

这一听,孟小天听到了易少南的另一面,男人的另一面!

让孟小天匪夷所思、惊诧不已、恼羞成怒又肝胆俱裂的另一面!

易少南:"……第一招你也听说过,很古老但很有效!"

易少南哥们儿:"什么?"

易少南:"赞美。美女都是弱智,一赞就晕。丑女本来还是有脑子的,一赞也都很傻很天真了。像孟小天,男不男女不女的,也就是去泰国能有点发展,可我天天痴情地望着她,说着自己都恶心的肉麻话,小天,你怎么这么美呢,哎哟,你迷死我了,让她每天都高烧得疑似甲型流感！你看看现在，哭着喊着，非我不嫁。"

（注：孟小天和易少南间的直线距离仅有不到五十公分，每字每句都听得清清楚楚。）

易少南哥们儿："羡慕啊，开着宝马，家里做着几个亿的房地产，南哥你可赚大发了。"

易少南潇洒地笑笑："财富这条河，那也是一条大河波浪宽，有船搭着，干吗还要自己费劲游？傻呀！再说了，小天还是有那么三分姿色的，有些角度看着还行。到手以后，也不耽误我在外面彩旗飘飘啊。"

易少南哥们儿："怎么，现在还没到手？不会吧？一年了都。"

易少南做诸葛亮神秘莫测状："这个妞儿是我百年大计，用来结婚的，可不能操之过急。这个操字是一声的啊。她爸那个糟老头还挡着道呢，我还要耐心等待，以逸待劳，假以时日，小天自然会替我开道。这就叫（唱起蔡依林的歌）爱情三十六计……"

易少南哥们儿做鲁肃恍然大悟状："原来如此，高哇！"

易少南忍不住继续发挥："凭我的泡术，依据孟小天的智商，三天我就能让她跟我上床！这一年的时间，孩子都打掉仨了。可我偏不，我要装得非常传统，还得害着点煞,慢慢来。先拉拉小手指,过俩月了,再摸摸小胳膊,对了,上礼拜四摸到大腿了,摸得她欲火焚身,可我就是坐怀不乱,放长线,钓大鱼嘛。"

易少南哥们儿肃然起敬:"佩服佩服!"

就在这个时候,孟小天端着邻桌一盆吃剩的水煮鱼出现在易少南身后。

孟小天刚刚还在发抖,可从墙那边转出来以后,居然不抖了。可能,她身体里负责发抖的细胞都明白,为易少南这种人发抖简直是对自己的侮辱!

孟小天就这么端着大盆水煮鱼,冷静如刚钻进墓室的古墓丽影般站着。

易少南哥们儿也挺逗,他认识孟小天,也看见孟小天了,还谦虚地请教易少南:"南哥,您这一套心机要让小天知道了,可怎么办呀?"

易少南浑然不知达摩克利斯鱼盆已经悬在脑后,说:"切,她怎么会知道?"

易少南哥们儿:"要是刚刚您在这儿演讲,她碰巧听到了呢?"

易少南愣了愣,但还是没有回头,处变不惊,风采依然:"那我也可以用语言艺术摆平,我就说在帮你写的剧本编台词嘛!"

孟小天端起鱼盆要砸下。

易少南哥们儿忙起身对易少南："南哥，人家可真在你身后头，端着一盆水煮鱼准备砸你呢！"

易少南哈哈大笑："我吓大的？你别逗我了！"指着自己头顶继续道，"来，冲这儿砸！"

孟小天怒喝一声"我他妈的灭了你"，并按易少南指示的位置狠狠砸下来！易少南闻声惊慌躲闪……

易少南哥们儿急忙出手阻拦……

旁边经过的餐厅保安也大叫着扑过来……

但这一切还是没有阻止二十七分钟后，在附近医院里的一次手术——

易少南这颗充满了泡妞智慧的脑袋被缝了九针。

三周后，被泡的孟小天从失恋的愤怒中走出来，决定实施她的PSG潜伏计划！

这是一个辨别男人、征服男人、驾驭男人的计划。

孟小天坚信——这个计划如果能被所有女性轻松掌握，并普遍实施，人类将重返母系社会！

哼！男人！看我怎么对付你们！

2　PSG 潜伏计划

与她相恋一年的男朋友,居然,只是把她当一个"妞儿"来"泡泡"!

和她好的目的,居然,是为了她家的财产!

一想起易少南,孟小天就恨得牙根直痒痒,必须赶紧找个串店,狠狠地连吃三十串板筋才能止住。

易少南事件让二十一岁的孟小天对人生以及爱情迅速产生了新的认识,主要认识为——

A、男人是一种极其狡猾的动物,他们极其善于欺骗女人。

B、关于女人的事情,男人只对自己的哥们说真话。

在上述结论基础上,孟小天脑细胞高速运转,浮想联翩,一步步出现了一套行动计划的雏形——

如果想找到真正值得去爱的男人,就必须了解男人!

要想彻底了解男人，就必须听男人说真话！

要想听男人说真话，就必须成为这个男人的哥们儿——另一个男人！

要想成为另一个男人则必须做变性手术！……慢着！或者……

女扮男装？

女扮男装！

嗯！

女扮男装打入男人的世界，藏起自己女孩的身份，藏起自己富家女孩的身份，潜伏在男人中，彻彻底底了解男人，看看究竟有没有真正的好男人。

如果有，拿下！

如果没有，就当做游戏了。

在男人眼中，所谓泡妞不也都是一次次的游戏吗？

泡妞！一想起这个词儿，孟小天就气不打一处来。

男人把女人当方便面一样泡，用甜言蜜语一点点把我们温成可口的美食，还美滋滋地说，弹面才好吃！好残忍！

好吧！你们泡，我孟小天也泡！

你们泡美女，我泡帅哥！

谁怕谁！

我还就要用这种潜伏的办法去泡我心中的帅哥！

我要有目的、有步骤、有计划、有技巧地——

泡帅哥!

缩写为PSG!

全称为PSG潜伏计划!

不入虎穴,焉得帅哥!

男人的世界,我来了!

PSG潜伏计划就这样在孟小天的脑海里形成。

可在具体实施时,她才发现,实际上,女扮男装是一项难度系数很高的行为艺术。

一个女人,装扮成男的,长时间潜伏在男人身边,还不让狡猾的男人看出来——大概一想好像很容易,仔细一想就会发现问题多多——

问题一:声音。难度如同让小提琴拉出二胡的声音。

问题二:喉结。据说这个问题与人类进化有关,原始社会时期甚至更早,男性人类多外出狩猎,与狮子老虎等凶猛动物搏斗,而这些凶猛动物都有一招凶悍的必杀技,就是活活咬断对方的喉咙!男性人类为了保护自己的脆弱喉咙,逐渐进化出喉结,而不参与狩猎的女性人类则没有喉结。且至今如此。

如果您想女扮男装,冬天还可以裹个围巾遮挡一下,夏天呢?

问题三:乳房。这个问题更与人类进化有关了,只不过这回轮到男性不需要用乳房哺育后代,乳房之"房"是逐渐进化没了;而女性乳房则在婴儿的嘴长达亿万年的不断呕摸下,越呕越大,并成为女性的显著象征。

问题四:上厕所。尤其是小便,差异与困难地球人都知道。

问题五:皮肤。

问题六:头发。

问题七:衣着。

……

太难了!

因此,我们从来没在生活中见什么人成功地女扮男装过!

孟小天显然意识到这些问题了。

她站在镜子前,歪着头,叉着腰,皱着眉,右腿一抖一抖,看着镜中的自己,怎么看怎么还是个女孩。

孟小天身高一米六八,瘦削,脖子长,好像有些喉结,声音也如周迅般沙哑,乳房本来就不大,裹胸一勒,也基本看不出来了,头发也不长,还换了哥哥孟小明的一身蓝色运动装,为了突出所谓"臭男人"的味道,甚至不惜捏着鼻子穿上了哥哥还没洗的臭袜子,可她——怎么看自己怎么还是个女孩!

那肤质!那模样!那神情!那气质!那感觉!不还

是个黄毛丫头吗!

这可怎么弄？难道 PSG 潜伏计划就这么胎死腹中？

对着镜子，她轻轻摇头。

不！

我的计划一定要成功！

孟小天暗暗为自己打气——

花木兰代父从军搭上帅哥大将军绝不是胡说！

祝英台混进学堂恋上梁山伯绝不是传说！

黄蓉扮成少年乞丐泡到郭靖绝不是小说！

孟小天下嘴唇轻扣上嘴唇往上吹了口气，发丝晃动，让她想到，还可以把头发再弄短点！

嗯！索性来个板儿寸！我就不信把自己搞不成男的！

孟小天来到了美发厅。

在美发厅，所有问题都解决了！

孟小天终于长舒口气，放下心来。

只不过，不是因为美发师的手艺，是因为那神态宛如小沈阳的美发师的一句话。

当时，孟小天拍着美发师肩膀问："哥们儿，你看我这头发怎么弄一下，能让我看上去像个男的呢？"

美发师左手拿着梳子右手拿着剪刀，打量孟小天片刻，瞪起眼睛，脖子左一下右一下扭啊扭地说——

"哥们儿你说什么呢,虽说你长得有点委婉吧,嗬,可谁敢说你不是纯爷们儿,我先跟他拼了!"

公元二十一世纪,人类已进化到部分男女无法分辨的新阶段。

3 培训班的隐秘

下一个问题是:从哪里进入男人的世界呢?女扮男装后,出现在什么地方呢?

网络?

网络本来就是女扮男装、男扮女装的地方,你说你是什么都没人信!而且孟小天见的青蛙网友太多,一次次的见光死,一次次的呕吐,让孟小天已经对上网聊天心怀恐惧。

除了上网,哪里还能找男朋友呢?

婚介所?

不行不行,已经装成男的了,还怎么找男的,难道去茉莉餐厅等着人家说非诚勿扰?

别乱别乱,接着想。

哪里帅哥多呢？

大街上！

可我不能到大街上随便找帅哥搭话吧？

那么，哪里的帅哥能自然而然地和我成为朋友呢？

办法总比困难多。

孟小天终于想到了一个可以女扮男装混进去搭到帅哥的地方——

培训班！

提问：上 MBA 的目的是什么？

回答：学工商管理呗。

评价：错！

那说明您没上过 MBA，上过 MBA 的都知道，正确答案是这样的——

提问：上 MBA 的目的是什么？

回答：主要是搭上大老板呀企业家呀这些有钱人，拓展高层人脉，以后秀款方便，骗钱对象也多，理论上讲，您的十个朋友都是亿万富翁，您穷也穷不到一千万以下去。顺便学学工商管理也行。

评价：完全正确！加十分！

但是如果某位读者读到此处觉得此计甚妙,并准备身体力行,那我劝您慎重。教训啊——某白手起家者七拼八凑了十几万,去读MBA,准备搭上有钱人,半个月后,赫然发现全班二十多人,居然,全都是七拼八凑了十几万想来搭上有钱人的白手起家者!当然了,办MBA培训的是千万富翁。

继续提问:上英语培训班的目的是什么?
回答:……找对象、谈恋爱、泡妞等,顺便学两句英语也行。
评价:不全都是这样,但很多如此,可以加十分!掌声鼓励一下!

孟小天想到英语培训班的时候,第一秒豁然开朗,高度兴奋!
第二秒就变成了怒不可遏,悔恨交加……
他妈的!他妈的!他妈的!
孟小天在地下连跺三脚,连骂三声!
因为孟小天霎时记起——她就是上英语培训班的时候认识易少南的!
一年多前,受刚回国的好朋友妙姐的影响,孟小天跟爸爸孟玉堂闹着要出国留学,报了英语培训班,后来因为妙姐又说出国留学其实一点不好玩,就放弃了。

她上英语培训班的目的是想出国,易少南的目的呢?
他妈的!他妈的!他妈的!

英语培训班这个伤心地是不能去了。
那么,驾校?孟小天高中刚毕业就考了本,开车都三年了。
会计培训班?一帮呆头鹅。
跆拳道?疼。
……
但是总之,女扮男装上培训班去搭帅哥是定了的!
想到这里的时候,孟小天忽然笑了。

她走到别墅阳台,望着灿烂的星空,笑了。
在星空中,她仿佛看见另一个女孩的笑脸。
她们相视而笑,如两朵桃花迎风摇曳。
那女孩生活在中国东晋时期,叫祝英台。
她忽然明白祝英台为什么要女扮男装去上什么书院了。关键是,一千多年来,只有她忽然明白了。
那天翻电视频道,不小心看见百家讲坛有个人神神叨叨地分析说祝英台去书院读书是多么追求文化知识。
老大!人家是为了去学文化的吗?
有那么喜欢读书的美女吗?《律政俏佳人》好看就是因为根本就没有真的律政俏佳人!都俏佳人了,还用学

律政？

还有，又不是考驾照，就那几本四书五经，在家不能读吗？古代多少秀才举子都是在家自学成才的！

再者说了，人家是大户人家，老爸是员外哎！请几个家教算什么，犯得着费那么大事让闺女女扮男装上书院去？

人家是为了……

PSG潜伏计划嘛！就是为了找她的梁兄去的嘛！

一不小心骗了大家一千多年！

不好意思哦。

孟小天与祝英台几乎同时忍不住笑出声来。

梦醒之后，孟小天奋力在网上、报纸杂志上寻找最适合她PSG计划的培训班。

方向对了，路还是好走的，没费多大工夫，就被她找到了。

在那里，她将经历比祝英台姐姐还有趣得多的故事，因为，一千年后的今天，可比东晋开放多了。

比如，在一找到这个培训班的时候，孟小天就假想自己会问那个可能遇上的"梁兄"一个问题：嘿！咱班这么多女孩，你最想睡谁？

哼哼，看他怎么说……

哼哼哼，看他怎么说！

要彻底了解男人,就非钻进他们的心缝里不可!

想到问这个问题时的场景,孟小天是又脸红,又激动,又得意,又害怕,又期待,又过瘾!

太刺激了!

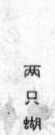

4 山水之间有帅哥乎?

孟小天在杂志上看到这个广告的第一眼,就决定报名了。

一个培训公司,面对十八至三十五岁青年开放,训练怎样与人交往,有卡耐基内容,但更多的都是游戏型培训,其中居然还包括杀人游戏。孟小天也没明白杀人和人际关系有什么关系,反正她爱玩。

没教室,除非下雨,授课全在户外。

连讨论都在篝火旁。

需要吃住在市郊的蝴蝶谷度假村,七天,收费两千四百元。

蝴蝶谷孟小天没去过,听说有山有水,有花有树有草地,恰好又是人间四月天,应该明媚得还行。

醉翁之意不在酒,在乎山水之间也。

学妹之意不在山水之间，在乎山水之间之帅哥也。

……山水之间有帅哥乎？

剩下的问题就是让爸妈同意了，毕竟，孟小天从来没有离过家。上英语培训班也是天天回家。

孟家家规：女儿晚上十点不归，打！

儿子彻夜不归，严肃地批评教育。

"爸，妈，我觉得吧，每天这么疯玩也不好，我想去学点东西，也长进长进，你们说行吗？"孟小天用杀人游戏中PK发言时的真诚语气说。

难得爸爸孟玉堂没加班开会，难得妈妈娄秀云没去打麻将，难得哥哥孟小明也没去踢球，一家四口已经有两个多星期没在一块吃晚饭了。

就在孟玉堂夹了一筷子他最喜爱的高营养保健食品——莜面栲栳栳的时候，孟小天赶紧借机开口。

孟玉堂斜了孟小天一眼，略略地诧异，并略略地觉得其中有诈。

娄秀云先说话了："好事好事，小天真是长大了。比刘姐家丫头强多了，她家那二丫头上礼拜让公安局叫去问话了，你们想也想不到，她居然和一个小伙子合伙去骗钱，他们啊……"

孟玉堂放下筷子，打断娄秀云："你怎么不拿个好人比呢？"

娄秀云想反驳，孟小明赶紧道："就是，小天可是孟家的骄傲！妈妈是说小天永远不会做那种事！对吧，妈？嘿嘿，爸？"

孟小明打了圆场后，娄秀云无言，孟玉堂问："学什么呀？"

孟小天拿出杂志广告："这个。"

孟玉堂瞟了两眼道："你这是为了学习吗？你这是为了玩儿！为了躲开你爸你妈没人管你！"

娄秀云："我觉得不错，训练训练与人交往的能力有什么不好？小天也该独立独立了。要是没年龄限制，我都想去。"

孟玉堂："你还嫌自己玩得不够啊？"

娄秀云正要发作，孟小明赶紧起身："爸爸辛苦工作，不就是为了让妈妈幸福的生活嘛，像你们这么恩爱的夫妻，人世间真是少有。爸，你就让小天去吧，这种培训班我知道，挺好的。"

孟玉堂不说话了，低头吃莜面栲栳栳。

娄秀云放下筷子起身上楼："我不吃了，该去刘姐家打牌了。收拾收拾。"

孟小明给孟小天使了个眼色，孟小天知道哥哥是让她用老招数。可孟小天真不爱用，都这么大了，还那样呀。

孟小明又使了个眼色，孟小天无奈，只好起身，走到孟玉堂背后，轻轻搂住孟玉堂的脖子，用四岁那年就已经很老练的撒娇语气道："好爸爸好爸爸好爸爸……"

十六遍后，孟玉堂严肃道："去吧。"

孟小明从父亲嘴角那难以察觉的一丝笑意中敏锐发现，他就等这个呢。

孟小明可不知道妹妹要女扮男装，虽然觉得自己的衣服袜子球鞋好像少了似的，但男孩子本就马虎，以为保姆拿去洗了吧，也没在意。

孟小天决定不开自己的宝马，改坐大巴去蝴蝶谷，不但要装成男生，还要装成个没什么钱的男生，这样才能找到真正的好男人——属于我孟小天的梁兄！

梁兄啊梁兄，你会以怎样的方式出现呢？

在树林中飘然走过，蓦然回首望见了我徘徊的身影？

还是正拨弄篝火时一抬头看见火光里闪动的我那俊逸的脸庞？

还是在小河抓鱼时不小心跌坐在河里，引起了正在河边读书的我的笑声？

……

想着想着，孟小天甜甜地睡着了。

她想不到,甚至梦都梦不到,她的梁兄出现的方式,比她所想到的、梦到的这所有方式都更有创意。

很简单,很意外,却超美妙!

5 梁兄,我的梁兄!

清明刚过,碧空如洗。

孟小天乘坐的大巴悠然地行驶在市郊公路上。

孟小天身穿阿迪达斯蓝色运动衣裤,脚蹬一双估计本来是白色的旧球鞋,坐在一个靠窗的位置,得意着。

想着刚上车时,一位老大爷经过她身边询问:"小伙子,你是几号?"

孟小天利索地把牛仔背包往行李架上一撂,颇为阳刚地回答:"十九号!"

估计是回答得比较帅呆了,前排一个扎紫色蝴蝶结的女孩子居然回头瞟了孟小天一眼,眼神中流露出那一闪的娇羞让孟小天更得意了。

上午九点十二分,大巴车行七十二分钟后,孟小天看到了他。

当时,孟小天正惬意地望着窗外路边的一片盛开的桃花,桃花外有青山,有村落,而青山外有蓝天,有白云。

忽然,一个骑自行车的男孩映入了她的眼帘!

大巴快而单车慢,所以男孩是倒退着骑进孟小天的视野的,七秒之后又倒退着消失。

然而第一秒,孟小天心里就大声呼喊了:梁兄!我的梁兄!

那一秒,风吹着他的黑发向脑后飘去!

那一秒,风吹着他的白色衬衣的衣角向身后甩去!

那一秒,他的眼神清澈如蓝天,飘逸如白云,坚定如青山,温柔如桃花,亲切如村落!

但让孟小天记忆最深的,是他的鼻梁的侧影——一个人的鼻梁原来,居然,可以这么挺拔!

在阳光下可以闪烁出如此诱人的光芒!

宛若一个危险而又让人向往的滑道,孟小天恨不能坐上那滑道尖叫着加速度下滑,哪怕身体会坠入万丈悬崖!

孟小天的心脏加速度跳动近乎窒息的时候,那男孩从她的眼帘中退走了,她才意识到自己已经是起身在向后观望,脖子都扭疼了。

一个抱着一筐草莓的搭车的村妇也向后张望,不知道什么让孟小天如此激动。

五秒后,孟小天坐下来。

二十五秒后,孟小天心跳速度降到九十。

两分钟后,孟小天开始嘲笑自己:花痴。

三分钟后,孟小天决定,忘记他!

十分钟后,孟小天有些苦涩地明白,那一秒的感觉,只怕这一生也忘不了了!

一见钟情啊!

这就是传说中的一见钟情啊!

难道,我只能让这一见的情转眼飘逝?

孟小天想起一本小说或者是妙姐讲的故事,一个女孩和一个男孩在公车上相遇了,他们只互相看了对方一眼,就觉得那才是自己一生的爱人,但,到目的地后,那女孩下车了。他们再没有遇到,那一眼成为女孩一生的追忆。

孟小天不由怅然若失。

又想起日本电车男的真实故事,男孩在电车上遇到一个女孩并替她解了围,他爱上了女孩可是不敢说,就在网上发帖,结果在百万网友的鼓励和支招儿下向女孩勇敢表白,最终成就一段传奇的电车恋情。

孟小天甚至想用不用在网上人肉搜索这个骑车男孩

呢？吼吼吼吼……想到这做法可能引发的结局，孟小天笑了，自己这个大巴女花痴一定比日本电车男还火！

算了，没有这个勇气就算了，过去就过去吧，追忆就追忆好了，人生充满遗憾。或者，我的真正的梁兄此时正在蝴蝶谷等我呢。

孟小天平复了自己的心情。

但孟小天忽然想到——其实还是有机会的，如果大巴现在停下来，那男孩一会儿就会骑车赶上！

这个想法让孟小天的心跳又急速起来！

用不用起身喊司机让车停下呢？

用？自己是不是疯了？就那么一眼就找人家去？

不用？自己是不是傻了？什么时候有过这么美妙的心跳啊？

大巴在前行，和那辆自行车的距离一定越来越远！

究竟用不用起身喊司机让车停下呢？

用？

不用？

6 吃苹果的紫蝴蝶

提问:"酱子"是什么意思?

答案:……酱油的孩子……小酱油?

评价:……

正确答案:"酱子",是"这样子"的意思,发源于台湾偶像剧。

游紫儿迷恋台湾偶像剧迷恋得一塌糊涂,简直是蛮迷恋的。说话都带着台湾偶像剧的腔调。

一个北方女孩子,操台湾口音,听着可能不大舒服,但你要真见了游紫儿,你会觉得她真的是蛮可爱的哦!

游紫儿上人际关系训练营,是妈妈给报的名。

从幼儿园时期,妈妈就给游紫儿报了六七个不同的课外兴趣班,小学,中学也不断参加各种辅导、培训,直到艺校毕业。游紫儿妈妈常说的一句话就是艺不压身。

功夫不负有心人,经过多年的刻苦学习后,成绩十分显著——游紫儿的民族舞跳得有模有样,还能用钢琴熟练弹奏《秋日的私语》。

从艺校毕业后,妈妈也不让游紫儿急着去应聘幼儿园老师什么的,而是让她继续学习。

"你太单纯了!社会多复杂呀!你得多学学怎么和人打交道,你看看这个……"妈妈把人际关系训练营的广告给她看。

游紫儿慢慢明白了:"哦……'酱子'。"

游紫儿妈妈:"那妈妈给你报名了啊。"

游紫儿想想:"好吧,就'酱子'吧。"

早七点五十五分,穿着米黄连衣裙、厚厚的连腿白色长袜的游紫儿刚坐上开往蝴蝶谷的大巴,就看见一个帅哥潇洒地登上车来——

蓝色的运动衣裤、甩在肩膀后的牛仔背包让帅哥显得格外干练、有型。

前额有些发丝遮住左眼了,帅哥下嘴唇轻扣上嘴唇往上一吹,迷死人了耶!……

帅哥大步从游紫儿身边经过时,游紫儿都有些紧张了,低头侧身缩了缩双肩,但还是忍不住偷眼去瞄,恰好看见帅哥的手,修长且白皙,弹钢琴得多合适啊。再看自己的手,虽说圆圆润润,毕竟是粗粗短短的,妈妈偏逼着学琴。

一个老大爷随后上来，向游紫儿身后打听："小伙子，你是几号？"

一个颇为阳刚又充满磁性的声音响起："十九号。"

游紫儿忍不住回头瞟了一眼，帅哥刚把背包撂到行李架上，一侧脸，恰巧与游紫儿目光相遇！

啪！

电到了！

那是怎样的眼神啊！

坏坏的，怪怪的，还有些得意！

讨厌，得意什么呀？

游紫儿连忙把头扭回来，下意识地正了正自己头上的紫色蝴蝶结，以便让自己的背影也给帅哥留个好印象。

大巴是开向蝴蝶谷的。

帅哥也是去蝴蝶谷的。

帅哥会不会也和我一样去上人际关系训练营呢？

有可能。

游紫儿美美地幻想着……她好想回头再看一眼他，却觉得那样太主动了，刚才那一眼已经太那个了。不能了。

哎，有了！

吃苹果!

游紫儿自言自语地说了句"真渴",貌似自然地起身从行李架上的包里取苹果,回身坐下时,视线有一次经过帅哥的机会,游紫儿打算好好端详一下。

可惜!

帅哥正伸长脖子扭头看向窗外!

帅哥要回头了……游紫儿却已经错过了最自然的时机,只好不好意思地擦擦苹果,坐了下来。

游紫儿一边小口小口地吃苹果,一边叹息:唉!失败!

要不然……

再吃个苹果?

游紫儿正在犹豫时,忽然听见身后一声大喊:"停车!"

游紫儿这次不避讳地回头看去,因为全车人都在看着那帅哥呢!

帅哥抓下牛仔包,大步走到司机旁,喊着:"快停车!我晕车晕得受不了,快停车!"

帅哥、司机、售票员又互相说了几句,大巴停了下来。

帅哥匆匆跳下车,撂下一句:"你们走吧,别等我了!"

大巴遂又徐徐开动。

身边的车窗经过车外的帅哥时,游紫儿看见帅哥正手搭凉棚向远处张望,好像张望哪个要来的人……

哇,好帅哦!皱眉的样子都那么迷人!

但,刹那,帅哥消失了……

就这么消失了?

晕车……下车……别等他……生龙活虎的不像晕车呀!什么意思嘛?

怪怪的。

游紫儿又拿下一个苹果,咔咔地大口吃(车上已经没什么人让她值得注意形象了),一边想:一个好帅好帅的帅哥就这么溜掉了,可惜死了!

训练营还能遇到这么帅的帅哥吗?

这个过就过了,如果再让我遇上这么帅的,我一定像吃苹果一样,狠狠地咬住他,绝对不能放过!

嗯!就"酱子"!

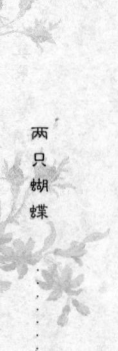

7 能捎我一段吗？

郊外就是静。

车都是偶尔才过一辆。

不过车的时候的乡间的静，让孟小天的脑袋都空了。

孟小天拎着自己的牛仔包，就这么傻傻地乖乖地站在宽阔悠长的公路边，身后是青黄不接的大片田野，身边是刚刚探出绿芽的高挺的白杨。

自己怎么就站在这里了？

自己在等什么？

是不是太可笑了？

十分钟过去了，孟小天开始怀疑自己是不是真的有病。她甚至摸了摸自己的额头。

额头让没有遮拦的风吹得好凉。

二十分钟过去了,孟小天怀疑自己是不是真的看到过那个让她心动的男孩。也许只是自己的幻觉?

就算有,那男孩也许是那片桃花附近村落的,就走那么一小段而已。

谁会骑自行车沿公路长途跋涉?

就算长途跋涉,那男孩也许从其他路口拐弯了。

就算没有拐弯……他也该到了呀!

三十分钟过去了,孟小天开始骂自己是个神经病。

继而又聊以自慰地想,就当我下车呼吸乡间的新鲜空气了。

孟小天深吸一口气,确实闻见了春天的田野的气息,以及……不远处路边一摊牛粪的臭味,刚才怎么没注意到呢?

孟小天开始盘算到哪里搭车赶到蝴蝶谷。

能不能拦一辆车,搭一段路,到下一个车站呢?

就在孟小天探头观看来车的时候——

远远的,远远的,孟小天看见了男孩骑自行车的身影……

是他吗?

是他!

真的是他吗?

真的是他!那飘拂的发,那摆动的衣……

人心真是最奇妙的舞台,孟小天心中,懊恼与迷茫两大巨星倏忽一下就下场了,紧张与激动两大巨星倏忽一下就登场了。神奇如电脑特技。

孟小天迅速反应,做出着急状,并假装向两侧来回寻找着什么。

三十米了,孟小天甚至看见男孩挺拔的鼻梁了,但她不敢多看,反而似乎在看更远处的车!

二十米了,孟小天着急地跺跺脚,并向腕上去看手表,这一看才猛然想起——自己从生下来到现在就从没带过手表。

转眼就十米了,孟小天听见男孩的喘气声,并且注意到,男孩的包包搁在前车筐,后座是空着的!

心里有了主意——无论如何,我要搭上他的自行车!

否则,他就要从我身边驶过,而且,永远不再回来了!

不管是什么结果,我都要努力,表情已经准备好,谎言已经准备好,来吧!

来吧!

就在自行车距离孟小天五米远的时候,孟小天完全镇定下来。

孟小天直视那男孩的眼睛,大声招呼道:"嘿!能捎我一段吗?"

男孩看了她一样,连车都没停,只是稍稍放慢了一点速度,道:"上来吧!"

啊。

啊?

就这么简单?

男孩向孟小天身边拐了拐,车身让过以后,孟小天紧跑几步,右手一搭男孩的肩膀,坐到了这辆高高大大的自行车的安安稳稳的后座上。

吼吼!

8 奔向蝴蝶谷

春风徐徐的郊外公路上,孟小天终于搭上了这辆命中注定的自行车。

孟小天像狩猎者拍了拍自己猎到的大老虎一样,拍了拍男孩宽阔的肩膀:"谢谢!"

男孩头也没回道:"没事儿。"

孟小天欣喜地望着近在咫尺,不,近在两寸的男孩的脊背,好想倒头就歪上去,再两手紧紧抱着男孩的腰,那种滋味儿!啧!

可她怎么好意思!

男孩忽然道:"搂着我的腰!"

孟小天简直是心花怒放,但貌似平静地回答:"哦。"

孟小天搂住了男孩的腰,感觉到男孩腰间的肌肉紧绷绷得好有力,又忍不住要照搬韩剧把脑袋歪到男孩肩膀上,忽然想起:不对!

PSG 潜伏计划!

我现在可是个男的!

奇怪,这人怎么不问我去哪儿呢?就不怕我是坏人吗?

孟小天问男孩:"你怎么不问我去哪儿呢?"

男孩:"到了你就下车了,还用问吗?"

孟小天:"你就不怕我是坏人吗?"

男孩极其利索地回答:"不怕。"

哇噻!

这回答太帅了!太酷了!

我要把头歪上去!……

克制!

继续。

孟小天:"那你去哪儿呀?"

男孩:"蝴蝶谷。"

孟小天惊喜:"真的?我也去蝴蝶谷!……路是不是太远了?别把你累着。"

男孩:"不要紧,再有不到一个小时就到了。"

孟小天想到什么,忙问:"你到蝴蝶谷……是上人际

关系训练营吧?"

男孩不做声,让春风在二人耳边走了十多秒钟,才反问:"你怎么知道?"

天哪!我就知道!我就知道!果然是这样安排的……

果然是这样安排的!

孟小天几乎要笑出声来,忍不住抬起头,让自己过度愉快的情绪飞扬一部分出去。

头顶,一排排向上挺立的白杨的枝条正排着队抓挠蓝天的心,天也痒痒地皱起了白云的眉。好开心!

孟小天:"……我猜的。因为,我也是去上那个班的,我感觉你像。"

男孩:"那我们是同学啦。"

孟小天:"对呀。哎,你怎么不坐大巴呢?"

男孩:"我喜欢骑车。"

孟小天:"哦……你怎么……你怎么不问我一个问题呢?"

男孩:"……问什么?"

有点郭靖的意思。我喜欢。

孟小天:"随便啦,问什么都行。"

男孩:"……你是男的还是女的?"

啊?

坏了坏了……PSG潜伏计划难道要泡汤!

孟小天在百分之五秒内迅速反应,做豪迈状,大大咧咧地大声道:"我靠!你什么眼神?哥们儿我是纯爷们儿!不会吧,大哥,你不会以为我是妞儿想泡我,才让我搭车的吧?"

幸好男孩不方便回头,否则孟小天火烧了一般的红脸庞一定会让他怀疑!

男孩道:"没有,你不是让我问你吗?我刚才没注意。别生气。我就是不会看人,不会说话,才去上这个训练营。"

孟小天:"没关系!(赶紧岔开话题)哥们儿你叫什么?"

男孩:"江军。长江的江,军队的军。你呢?"

孟小天:"孟小天……带着我很累吧?累了就歇会儿!"

江军:"现在还好,累了再说。"

孟小天:"你骑车也太厉害了,怎么练出来的?"

江军:"上学练出来的。"

孟小天:"你学自行车专业的?"

江军笑笑:"哪儿呀。中学学校离我们村二十多里地,天天上下学骑车,还经常带着表妹,就这么练出来了,另外我也喜欢骑车。"

孟小天:"怪不得这么壮!"

说着,又像狩猎者拍了拍自己猎到的大老虎一样,孟小天重重地拍了拍江军宽阔的肩膀。

贴着江军温热的后背,风都暖了许多。自行车外,一片春天的田野悠悠后退,另一片春天的田野缓缓飘来。

孟小天暗想:祝英台姐姐实在是高!不潜伏到男人阵营,不以哥们儿的身份出现,怎么能找到他,了解他,判断他,然后决定要不要他呢?

怪不得电视剧《潜伏》中说革命者的爱情是最浪漫的!如此革命简直太好玩了!

这才叫一切尽在掌握中!

不过,要控制。不能喜欢疯了不顾一切。

他会不会是另一个易少南,可要调查清楚。

如果他是个把女孩视为玩物的色鬼集邮男,再帅再喜欢也得拜拜再见不联系。

要想知道他是不是色鬼,我自己……嘿嘿……我自己先要装成小色鬼!

哼哼哼……好戏才刚刚开始呢!

9 空姐之恋

去年冬天一个饭局上,准备给江军和罗觉投资的老板——胡总正在兴高采烈的讲笑话,别人还没被逗笑,自己已经笑得不行了:"呵呵……有个老鼠找不到女朋友,好不容易找到了,还是个……呵呵呵呵……还是个蝙蝠,狐狸就笑话他,看你找的女朋友吧,档次太低……呵呵……老鼠说了句话,老逗了……呵呵呵呵,你们猜他说的是什么?"

江军认真地答道:"老鼠说,好歹也是个空姐呢。"

胡总愣了愣,渐渐收起了笑容。

后来那笔投资没谈下来。

事后,罗觉说投资黄了,全是因为江军的这句话。

"你怎么能把那笑话的结局说出来呢?完了吧?"

江军不以为然:"投资是投资,笑话是笑话,这有什

么关系?再说了,不是我要说,是他要问我。我恰巧听过这个笑话,就说了。我不过说了句大实话!"

罗觉:"这笑话你听谁说的?"

江军想了想:"好像是听……你说的。"

罗觉:"对呀,这个笑话我不知道吗?这种场合,听过你都不能说听过?还要假装第一次听一样,还要装得被逗笑了!这是与人交往的艺术!"

江军眨眨眼,表情很酷:"罗觉,虽然咱不打算干艺术,可你也别亵渎艺术,好吗?"

罗觉无言。

美院同学四年,罗觉太了解江军了。

上周,罗觉把一张人际关系训练营的入学通知单递给江军:"咱要一起办公司,你必须去学学这个,钱我付了。"

江军只好接受。但他对罗觉的判断并不认同——我真的那么不会说话?甚至还需要来参加培训?

至于吗?

与孟小天的相识更让他不信了。

他真想让罗觉来听听孟小天和他这一路上的聊天:你看我们聊得多开心!刚认识一个小时,就跟老朋友似的,我这与人交往的能力能说差吗?

不到十一点，江军就和孟小天赶到了蝴蝶谷，在度假村大门外，二人下了车，向守门员出示入学通知单时，江军才第一次认真地看了看孟小天。心想——

小伙儿长得真标致！

就是个子稍低点。

打死他也想不到的是，孟小天心里想的前半句话，和他是一样的——

小伙儿长得真标致！

有一米八二、八三吧，太配了！

江军忍不住道："我觉得你像一个人！"

孟小天微笑道："谁？"

江军问了守门人人际关系训练营报道处怎么走，推着车子和孟小天进了大门，又向前走了几步，才想起来孟小天究竟像谁。

江军对孟小天："我觉得你像贾宝玉！"

孟小天挤出一丝苦笑："靠！你是夸我呢，还是骂我呢？不是说我娘娘腔吧？"

江军："贾宝玉也不是娘娘腔啊，我就是觉得你像是画出来的，线条太清晰，太细致了。放在古代，你就是那种最潇洒的公子哥儿！"

要是有把折扇就好了,孟小天必定会微微一笑,啪的一下展开:"我现在也没不潇洒呀!"

还会再一合折扇,挑开挡脸的柳枝——现在只好凑合着用手指拨开了——孟小天拨开柳枝,恰好看见前面十多米走着一个穿蓝裙的女孩,背影修长窈窕,步态款款动人。

嗯!机会来了!

为了显示自己的所谓潇洒,更为了试探试探江军对女性的态度究竟如何(也许,更为了好玩儿),孟小天向那女孩儿努努嘴,压低声音道:"那妞儿腿可够长的。"

江军抬头看了"那妞儿"一眼,笑笑。

笑笑……这笑算什么?认可了那美腿?还是无所谓?不行!我非得看看这哥们儿是不是色鬼!

于是学着电视里的地痞模样,继续看着蓝裙女孩的背影道:"瞧那小腰扭的,挺来劲儿,呵。"

还特地停了停脚步,斜眼看着江军:"是吧?嗯?"

江军望了望蓝裙女孩的腰,琢磨了一下,道:"还行。"

孟小天拍拍江军肩膀,皱眉道:"什么叫还行?咱可是哥们儿,你可别跟我装!"

江军一脸纳闷:"装?这有什么好装的!"继而笑道,"连个正脸都没看着,就一段腰就把你迷成这样,至于吗小天?你也太色了吧!"

孟小天愣了。

江军觉得不对:"……是不是我说的话又没有艺术性了?兄弟你可别介意,我的意思是……你其实一点都不流氓……不是……我是说你就算流氓点也无所谓……也不是……"

流……氓……?

孟小天做梦也没想到,自己居然能和这个词联系到一块!

不过,这不正好说明自己潜伏得到位吗?吼吼。

江军本来担心孟小天生气,没承想,孟小天反而笑了:"没有没有,哥们儿之间,想怎么说,就怎么说!你说得太好了!艺术性很强!咱是得看看正面去……哎,人呢?"

蓝裙女孩的背影已消失在柳荫深处。

孟小天心想:好!算你藏得深!走着瞧!我就不信有什么男的见了美女不动心!非把你的画皮撕掉不可!

但又有些犹疑:如果真要那样,他还是我的梁兄吗?世间还有我的梁兄吗?

江军心想:看看,人家还夸我呢!我没有不会说话吧!我说大实话,人家也没生气,反而更拿我当哥们儿

了!

并自信地得出结论：其实，蝙蝠是不是空姐无所谓，是那个胡总本来就不想投资！哼！

10 大家都是有身份证的人

蝴蝶谷旅游度假村位于蝴蝶谷村，占地近四千亩，自然气息浓厚，森林茂盛，背靠万松岭，怀抱小青河。

度假村内有真人CS、骑马、游泳、卡丁车、攀岩等多种项目供您娱乐，有林间木屋、河滨别墅供您休憩，有特色农家饭菜供您品尝，是家庭出游、单位会议、培训活动的理想场所。

——摘自蝴蝶谷旅游度假村广告牌

江军和孟小天按照广告牌上指示的路线，推车走过一段长长的柳荫道，再从度假村的停车场外向北去，不远，就看见清凉、欢快的小青河，粉的、白的玉兰花沿河盛开，风景立时优美起来。游人也渐渐增多。

沿河走十多米，过一座踩上去吱吱响的木桥，便望

见很深很大的白桦林,无数小小的叶片正努力挣扎着长大,竞放春的气息。白桦林里散落着一幢幢小木屋,悠闲舒适得让人恨不得立马就躲进去睡觉。

林边那幢最大的木屋叫"得月斋",门前上方拉了一个横幅——人际关系训练营报到处。

横幅下有两张办公桌,后面坐着一男一女两位老师。

接近报到处时,孟小天不禁狡黠得意地笑了——嘿嘿!那长腿的蓝裙女孩儿正在办手续呢!

反正已经"流氓"了,不如"本性"下去,演到底!

孟小天对江军笑道:"这就叫踏破运动鞋无觅处,得来全不费工夫!那妞儿敢情是同学呀,咱俩都有机会了!是吧?"

江军笑笑。

又是笑笑,什么意思?

好,一点点来,我就不信你的狐狸尾巴露不出来!

走过去时,正听那女孩儿向女老师介绍自己:"我叫叶清寒,从网上报的名,这是我的身份证。"

女老师三十多岁,秀发如云,细眉明眸,气质优雅,对叶清寒道:"我叫梅曼,是你的班主任。"

叶清寒柔声道:"梅老师您真漂亮。"

梅曼老师微笑:"谢谢。"

叶清寒背后，孟小天低低的声音对江军："听你的，看看正面。"

江军还没来得及说什么，孟小天已经从叶清寒侧面往前探了半个身子，视线越过叶清寒披肩的乌黑长发，将其正侧面四十五度角收进眼底，不由一愣——果真惊艳得很！

白净细嫩的面庞，让人忍不住想触摸，红润丰盈的嘴唇，让人顿悟什么叫性感，芭比娃娃一样的大眼睛，不知勾走多少男生的魂魄，一如日本漫画里想怎么漂亮就怎么漂亮的女杀手！

借着叶清寒的美，孟小天把对美女的迷恋之态也夸张到无以复加的地步——半张着嘴，眼珠子随时会瞪暴，哈喇子随时会落下！当然了，这神色是故意做给江军看的——

看他怎么看美女！

看他怎么看如此迷恋美女的哥们儿！

见自己的兄弟对美女如此明目张胆的垂涎，一副小色情狂的样子，江军忍不住咳嗽一声。孟小天注意到了，不但无所谓，反而色迷迷得更来劲儿了，还有意在叶清寒转身离开时，狠狠地多瞄几眼，且吧嗒吧嗒嘴！

江军也顺便看了一眼叶清寒的正面，但叶清寒的正面显然还不如他这位新朋友的表情有看头!

至于吗?

江军都被孟小天的样子给逗笑了!

叶清寒孤傲地离去。

江军用胳膊将孟小天扭转的身子拉正,道:"赶紧办手续吧,你先。"

孟小天拿出入学通知单给梅曼老师:"梅老师您好!我叫孟小天。"

接过入学通知单后,梅老师向孟小天要身份证。

身份证?那是绝对不能出示的!她也压根就没带!

孟小天,女。

这一看还不彻底完了?

孟小天按早就想好的说身份证丢了,心想这种培训班本质上不就是为了赚钱嘛,哪会那么认真。

并做赖皮状:"大家都是有身份证的人,又不是培训怎么制造军火,没必要那么严吧?"

没想到梅老师还没说什么,梅老师旁边那位男老师态度温和但坚决地说:"孟小天同学,你必须出示身份证,或者有一个可以出示身份证的人担保你的身份。否则我们不能接收你,可以为你办理退学,把钱退还给你。"

孟小天看看梅老师。

梅老师微笑点头:"张助教说得没错。"

孟小天傻了……

张助教看看江军,提醒孟小天:"他可以为你担保吗?"

孟小天看了一眼江军,释然了,大声道:"没问题啊!"

但她没想到的是,她大声这么说的同时,江军居然同时说:"不行!我们刚认识……"

气氛尴尬,江军也意识到自己可能又说错话了。

张助教看了看企图说谎的孟小天,更犹疑了:"对不起,那我们可能,只好……"

啊?

PSG潜伏计划就这么失败了?这这这……

就在这关键时候,一个声音传过来:"我替他担保!"

11 萍水相逢我拔刀

报完名,游紫儿正在小青河边吃冰激凌,一抬头,看见木桥上有两个男生走过,一个推着自行车,另一个……

哇噻!另一个不是大巴上遇到的帅哥吗?!

妈咪呀!是他!是他!

游紫儿连忙三口两口把冰激凌塞完,正正自己头上的紫色蝴蝶结,尾随了过去!

他们向报到处走去了,难道……

哇噻!太惊喜了,那帅哥是我的同学!哇咔咔咔咔……

游紫儿恨不得像周星驰那样把手指勾勾着放在嘴边偷偷但肆意地狂笑一番!

嗯?……帅哥看那个叶清寒怎么"酱子"啊?

太超过了吧?

那女孩不就是比我高点,比我瘦点吗?就算比我漂亮,她能有我可爱吗?

哎呀,那眼神儿!我可不能喜欢上一个小色鬼!

可是,可是,帅哥遇上麻烦了呀,我……

脑子还在犹豫,游紫儿的嘴已经喊出来了:"我替他担保!"

孟小天回头一看——不认识呀!

游紫儿却热情洋溢地走过来,以熟得不能再熟的样子啪啪地拍孟小天的肩膀:"小天,你怎么才来呀?"

孟小天反应当然也不慢,虽然不知道对方是什么人,但立即配合道:"不是说好一起走的吗?你怎么不等我?"

游紫儿嘟着嘴说:"人家等了呀,等了十几分钟呢。等得心里好烦,好生气,我就上车走了!"

孟小天只好说:"对不起对不起,我睡过头了,坐的九点那班。"

游紫儿撒娇道:"你好讨厌……"

张助教打断了她们的对话:"游紫儿同学是吧,你可以给孟小天担保吗?"

游紫儿回身对梅老师和张助教道:"当然了,我们是邻居,都住在青年路荷花苑小区,我家住六号楼三单元

二楼一号,他家住七号楼二单元四楼三号,我们从小玩到大;我叫他小天哥哥,他叫我紫儿美眉,他的身份证就是上次我们俩一起去白龙湾郊游时候丢掉的,我说的话句句都可以做呈堂证供,他的身份很合法,他的心灵比样子还要帅!我担保!"

孟小天看着游紫儿信誓旦旦、滔滔不绝地瞎掰,敬佩多于感激。

嗯,有机会可以发展到我们女扮男装 PSG 小组,很适合潜伏工作。

交了学费,买了饭票,办完入学手续,江军和孟小天将行李暂存在这个叫得月斋的大木屋。梅老师说了今天的安排,中午在农家食堂吃饭,完了自己找地儿休息,三点钟在白桦林边的草地上第一课,做一个加强同学们之间沟通的培训活动,然后分配宿舍。晚饭后,在篝火旁举行关于如何自我介绍的讲座和练习,十点各自回小木屋就寝。

马上就十二点了,去农家食堂的路上,看看离得月斋远了,孟小天才对游紫儿道:"谢谢啊,萍水相逢,拔刀相助,在下不胜感激!你又不认识我,怎么会帮我呢?"顿了顿,补了一句玩笑话,"是不是被我玉树临风的样子迷倒了,不帮我都欲罢不能?"

江军先傻了:"怎么,你们不认识呀,她刚才说得喤喤喤喤的……"

游紫儿得意道:"这就是我们 90 后的风采!"

江军:"风采?说谎不眨眼的风采?我们聊了一路我都不敢替他担保,你不认识他你就敢担保啊,你就不怕他是混到中国来的基地组织成员?"

游紫儿笑道:"那才好呢!"

江军:"好?"

游紫儿:"我用自己的美貌和可爱感化他呀,让他主动说出本·拉登藏在哪里!"

江军:"我服了。"

心想,这下好,色情狂遇上肉食女了,配套!

孟小天哈哈大笑:"心灵比样子还帅!有紫儿美眉这样的评价,我是砸断罗锅背——死了也值了!"

孟小天再打量打量游紫儿小公主般的造型,道:"我好像在哪里见过你。"

游紫儿自认为很自然、实际上早已是含情脉脉地说:"你才想起来啊!"

孟小天茫然:"咱们真的见过?什么时候?"

游紫儿嗔怪地笑:"来蝴蝶谷的大巴上啊,我坐你前边的。"

孟小天一凝神,看了看游紫儿头上的紫蝴蝶结……

好像是!

游紫儿:"后来你说你晕车,就下车去了,可我觉得你根本不晕车,你好像是在等……"

孟小天连忙打断:"我晕!我都快晕死了!不然我下什么车啊!我疯了呀我!……哎,食堂到了,今儿我请客!"

江军忙道:"不行不行,年龄我最大,我请!"

游紫儿娇羞道:"江军哥哥,何必这么客气呢?让小天哥哥请吧!"

嗯?怎么听这话的意思,她和孟小天已经是一家人了?

孟小天这才有些愣神地想到:靠!这丫头是真喜欢上我了!

这可如何是好?

英台姐姐上的书院都是男生,不会遇到这样的情况,看来,我比英台姐姐遇上的困难还要多,还要复杂,新时代的革命工作果然出现了新问题!

不过……孟小天看一眼身边的江军,那清澈的眼神,那坚挺的鼻梁……

她想起了《潜伏》里的余则成,我会克服所有困难的,因为——

你是我的信仰!

12　大风吹起漂亮女生

午后的天气忽然热起来。在室外上课爽是爽，还真让人头晕。

孟小天比别的同学还晕，因为心已经乱了。

活动课老师姓黄，是一位培训专家，四十多岁，带着眼镜，笑眯眯的，操南方口音但说话极为利落，且风趣幽默。

在黄老师上课前，班主任梅曼老师先说了下如何分配宿舍——虽然孟小天此前想过可能会和心中的"梁兄"同居一室，可等事实真的马上要发生的时候，孟小天控制不住地心慌意乱了。

梅老师说宿舍分配是本着自愿的原则，两人一间小木屋，大家可通过黄老师组织的游戏互相了解并主动与对方协商，这也是一种人际关系的训练。

梅老师一说完，孟小天就不自觉地看了江军一眼，

江军也正好看她,一笑。

这一笑的意思很明显了:咱俩一屋!

孟小天本来是这样希望的,可……

一个从没有外出过夜的女孩子,第一次在外过夜,就要和一个男孩子同居!如果……如果……

同居这个词好像不准确,因为孟小天女扮男装,和江军之间肯定不包含那事儿了,可叫什么呢?

一块睡觉?

黄老师说的什么都没听仔细,大致是要做一个叫"大风吹"的游戏,全班二十二人,二十一人坐在草地上围成圈,一个人站着做"风神"。

风神喊:大风吹!

其他人一块喊:吹起什么人?

风神喊:吹起什么什么人,比如说——吹起戴眼镜的人!

这时候所有戴眼镜的就都要站起来,没站起来的就算输!

但是注意,如果风神喊的是:小风吹!

其他人:吹起什么人?

风神:吹起戴眼镜的人!

那么——没戴眼镜的就要站起来,没站起来的就算输!戴眼镜的站起来了也算输!

输的人要扣分,并从中选一个人再做风神。

游戏不断继续,只要稍想一下就知道,随着一个个"吹起什么人",同学们之间会很快就互相了解,并找到与自己有各种相同点的人!

这是人际培训的入门游戏,没上过的一定会觉得很新鲜,当然也有人会露出鄙夷神色——把我们当幼儿园中班的啊?

游戏开始了,孟小天完全心不在焉,心里开始盘算着晚上有可能出现的那一个个"如果":

如果他是裸睡的怎么办?

天哪,羞也羞死了!

如果我睡着后自己觉得不舒服把睡衣拽掉一部分怎么办?

如果我自己把自己的裹胸拽掉了怎么办?

江军半夜起身小解,回头一看,月光下,俩白白的小馒头……

孟小天在想象中极度羞涩同时又忍不住笑起来,如果真要那样,江军肯定彻底傻了!

窗外还得配上电闪雷鸣!轰隆隆隆……

问题是我还活不活了?

如果他洗澡的时候,要我帮他搓背呢?我……

第一个自荐做风神的是游紫儿,黄老师叮嘱她为了让大家适应,要简单一点。游紫儿点头称好。

游紫儿大声喊:"大风吹!"

大家:"吹起什么人?"

游紫儿:"吹起了所有女生!"(心想这个简单)

结果——

孟小天和余下九个女生一块站了起来!

同学们哄堂大笑!

不苟言笑的叶清寒忍不住捂嘴窃笑,江军也笑着摇头,游紫儿笑得蹲到了地上……

有几个在不远处围观的游人也笑得前仰后合……

孟小天赶紧给自己找台阶:"不是不是,那个……刚才黄老师不是说要反着的吗?叫女的起,男的就起的吗?"

黄老师笑道:"那是小风吹!小风吹才反着!孟小天同学,恭喜你!扣十分!该你做风神了!"

此时,梅老师已走了,张助教在一旁认真地记分,并维持纪律。

游紫儿在孟小天原来的地方坐下来,孟小天掌风神职位,大声道:"大风吹!"

大家:"吹起什么人?"

孟小天想到一个符合她"小色鬼"形象的问题:"吹起了最漂亮的女生!"

结果——

叶清寒和游紫儿站了起来!

树林边,草地上,春光里,几瓣玉兰随风飘过,两个漂亮女生相视而笑!

游紫儿虽然明显比叶清寒低了一点、胖了一点、不那么白净了一点,却高扬着头颅,显得比叶清寒更加自信!

男同学们都鼓起掌来!一位年龄较大的老哥还喊了声"好",其余坐着的女生则都板起了脸……

叶清寒走到游紫儿身边,柔声道:"咱俩一屋。"

孟小天听到了,又为自己即将面对的"咱俩一屋"发起愁来……

英台姐姐,教教我啊!

13 星星阁的第一夜（上）

吱呦……

啪！

晚九点四十分，江军把孟小天让进这座叫"星星阁"的小木屋后，把门关上。

OK，这就是传说中的二人世界了。

孟小天再也没空想怎么装小色鬼套取江军内心情报的事儿，满心都在为这孤男寡女的第一夜如何度过而紧张！

表面上当然还是很沉得住气，一进房间就占了靠窗的一张床，貌似男子气十足地倒到床上："哎呀，还真累！"

但江军的第一个动作就让这个假冒伪劣男孩的优势

丧失殆尽——三秒钟的时间,人家已经把衬衣和背心都脱了。

第四秒,当孟小天慌得不知所措时,光着上半身的江军开始脱裤子!

孟小天血压迅猛升高,脑子里甚至冒出"强奸"一词,并开始下意识地寻找可以还击的武器,手指尖的方向都瞄向了房间里的一把木椅……

还好,江军换上拖鞋,保留了一条还算宽大的内裤,在床边坐了下来。

孟小天紧绷的神经略略放松。

这一放松,孟小天的脑子就能分一点神注意江军袒露的肉体了——村里孩子,真结实,那肩膀,怎么靠怎么爽。

江军看一眼孟小天:"你不热呀,看你那一脑门子汗。"

孟小天擦了一把头上的汗——靠,刚才吓的。

孟小天脑子转速显然减慢了不少,回答是:"不热。"

江军:"那我先洗,你待会儿。"

孟小天:"哎。"

江军进卫生间去了。

孟小天注意到,他就是仅仅穿着那一条内裤进去的!

现在，摆在眼前的一个至关重要的问题是——他一会儿会不会不穿内裤、全身光着、大摇大摆走出来？

那我……怎么办？

孟小天脑子里出现了谍战片里那些从容不迫的情报人员的形象，自己也貌似从容不迫地起身，打开电视，甚至还倒了一杯白水，边喝边冷静地思考对策。

结果是……脑子一片空白！五分钟后竟然还冒出赵本山的一句台词——

爱咋咋的！

他出来了！

孟小天紧张得不敢回头，让视线直直地盯着电视，还做出一副被电视内容逗笑的样子。

直到江军坐对面床上，目力余光注意到……那条内裤还在，这才放松下来，并再次假装看电视看得笑出声来，就差摇着头说真有意思了。

江军一边用毛巾擦头一边说："我觉得你就是有个性，这片子我是看一次哭一次。"

孟小天这才看出来是电影频道在播催泪片《妈妈再爱我一次》，胡乱解释一句："那演爸爸的长得真像我们家那片的一个傻子……"

江军："去洗吧，不早了。"

孟小天拿着自己早就准备好的一套东西进了卫生间，把门轻轻地插好后，快速洗完擦干，将裹胸勒到快断气，穿上宽大的睡衣，照着镜子把睡衣领口拉到不能再低的地方，斜着露出一段肩膀，尽量伪装成彪悍男子忘了拉好、不拘小节状，才开门出去。

一出卫生间，也不知道那半截肩膀发挥功效没有，孟小天晃了一下，又赶紧捂上。

哎？江军把背心穿上了！

这个新发现让孟小天心里踏实了不少，坐下来，才进一步发现江军虽默不作声却满脸是泪！电视里响着那部影片的主题歌《世上只有妈妈好》。

江军的泪让孟小天不由得感动，将毛巾递给江军，江军擦泪，但两人都没说什么。

电影播完了，江军这才回头打量着孟小天。

孟小天背着刚才在卫生间想好的台词："才四月，这天儿怎么他妈的这么热！我真想和你似的脱光光，可我他妈的最近得一种皮肤病，就得捂着，真他妈烦！别怕，不传染。"

江军继续看孟小天，上一眼，下一眼。

孟小天给看毛了："看什么看？"

江军："你真像个女孩儿！"

这个问题孟小天早有准备："靠！老他妈的有人这么

说我,下个月我非他妈把自己晒他妈成黑人不可!"(连自己都觉得"他妈的"加多了)

江军:"那没必要吧,别人想白还白不起来呢!对了,我可真把你当兄弟了,你帮我个忙行吗?"

可算岔开话题了,孟小天潇洒道:"说。"

江军不知从哪儿取出一瓶小药水和两只棉花棒:"我自己看不准,你帮我抹点药。"

孟小天起身接过东西:"受伤了?"

江军:"起了一个火疙瘩,罗觉说他也起过,抹点碘酒就好。后边。"

孟小天没听懂:"后边哪儿?"

江军解释道:"屁股上。"

……

汗啊,瀑布汗!

孟小天显然被这句话点穴了,愣愣地拿着药水棉花棒,脸成标准"囧"字形,呆若木鸡!

说着,江军就要去脱下自己的内裤!

英台姐姐!救命啊!……

14 仙女堡魔术揭秘

游紫儿和叶清寒住的"仙女堡"小木屋距离星星阁只有不到十米,隔着窗户能互相看见。

叶清寒一进屋就要去拉窗帘,游紫儿拽着窗帘角不让拉,探头看星星阁那边,直到看见孟小天和江军进了屋,才松了手。

叶清寒合上窗帘笑道:"喜欢上那小色鬼了?"

游紫儿明知故问:"你说谁呢,哪个小色鬼呀?"

叶清寒:"孟小天呗,还有谁?上午在报到处的时候,你看那样儿,眼珠儿都掉出来了。"

游紫儿:"喔!原来你注意到了!看见你那么转地走了,以为你没看见呢。虚伪!"

叶清寒不屑地:"还用看吗?每天都遇上这样的男人!"

游紫儿:"看一看也不见得就喜欢你!动物园看猴子

的人好多哦,养猴子的可没几个。"

估计叶清寒要生气,游紫儿挑衅地斜着眼看叶清寒。

没承想叶清寒笑了,还过来捏捏游紫儿的脸蛋:"就算你骂我是猴儿,我也不生气,我就是喜欢你!"

游紫儿也乐了:"嘿嘿!我也喜欢你!你怎么能美成'酱子'哦?怪不得他那么喜欢你!"

叶清寒:"别担心,我不喜欢他。其实,凭你的聪明漂亮,搞定那个孟小天太容易了!"

游紫儿正要问怎么个容易法,叶清寒手机响了。

叶清寒一边接手机,一边收拾东西进卫生间洗澡去了,游紫儿听到这么几句:"……唉,只怕白花钱喽……DKZ计划的成本也越来越高……有一个吧,明天再看看……你那边呢……"

DKZ计划?

什么意思?

不过游紫儿不关心这个,她关心的是——搞定孟小天怎么个容易法?

叶清寒出来了,出水芙蓉更显冰清玉洁,娇柔动人。

游紫儿急问:"你刚才说搞定小天哥哥很容易,怎么容易呢?快说!"

叶清寒温柔地笑:"看你这么可爱,就教你两招吧!

男人最喜欢女人什么?"

游紫儿:"喜欢女孩子善良?"

叶清寒:"错。"

游紫儿:"纯洁?"

叶清寒:"更错。"

游紫儿:"漂亮?"

叶清寒:"对!怎么喜欢这个漂亮呢?"

游紫儿:"……"

叶清寒:"男人最想对漂亮女孩做什么事?"

游紫儿:"……嘿咻!"

叶清寒打个响指:"有前途!"

游紫儿:"你的意思是让我……送货上门?我还是个处儿呢,我……"

叶清寒:"错。身体交出去的时候,男人也就不要我们了!"

游紫儿:"那……"

叶清寒:"打扮得漂漂亮亮出现在他面前,让他感觉到你好可爱好可爱,让他觉得有机会和你……但又不能真的和你……他就爱上你了!"

游紫儿:"'酱子'啊……好难哦……怎么能让他觉得有机会和你……但又不能真的和你……"

叶清寒:"见证奇迹的时刻就在这里了,听好……"

叶清寒手机又响了,游紫儿恨不能抢过来摔个稀巴烂!

叶清寒讲手机:"……好啊……你怎么这么说呢……当时你也是有自己想法的嘛对不对……我这里有事,一会儿我打给你,好吗……拜。"

叶清寒放下手机,游紫儿连忙小学生一样仰起头:"广告回来了,继续!"

叶清寒貌似千年白狐般神秘:"所有的魔术一说谜底其实都很简单,就是……让他有意无意地能碰到你的身体!胳膊啦,手指啦,或者你不小心拍到他的腿啦……给他看手相啦……拨弄拨弄他的头发啦……他就会陷入刚才说的那种情况了,既想和你……又不能和你……"

游紫儿状如小兔般稚嫩:"……'酱子'啊……"

叶清寒:"男人是什么?动物。最低等的。太复杂的技巧不适合他们。不信你现在就去试试!"

游紫儿:"现在?"

叶清寒:"对啊!只有七天,有什么好犹豫的?你就说你无聊,找孟小天和江军打斗地主去!"

游紫儿:"你陪我去!"

叶清寒:"你先去,我回个电话,一会儿过去!"

游紫儿再想想,突然起身:"嗯!试试!"

走到门口,开门后又回头对叶清寒:"清寒,你真厉害!"

叶清寒微微一笑:"去吧,只要拿捏到位,绝对让他今晚睡不着!"

白桦林上空,星光满天。

林间有鹅卵石铺的弯曲小道,道边随意安放着笨笨的低低的路灯,在林中远远近近幽幽地亮着,好像是天上掉下来的星。

游紫儿踏着小道来到星星阁的门外,轻敲几下。

听见孟小天喊:"谁呀?"

游紫儿:"我!游紫儿!"

江军的声音:"等一下!"

孟小天给游紫儿开门的时候,手里还拿着药水和棉花棒,游紫儿忙问:"小天你受伤啦?"

孟小天获救般地长出一口气:"没有,是你江军哥哥……"

游紫儿:"伤着哪里啦?你赶紧给他上药吧!"

江军已经穿好了裤子,忙起身道:"不用不用,回头再说!紫儿坐!"

"哎?"游紫儿盯着孟小天的脖子叫。

孟小天一愣:"怎么啦?"

"头发!"

游紫儿走过去,用手指从孟小天脖子那里摘下一根头发丝来,过程中,刻意让自己的身体碰了碰孟小天!

果然!孟小天的眼神立刻慌乱了,羞涩了,有感觉了!……

孟小天忙道:"我自己来我自己来!"

哇噻噻!有用哎!

15　星星阁的第一夜（下）

　　本来是打斗地主的，叶清寒来了以后，四个人改成了双升。
　　貌似女生打一家，男生打一家——
　　游紫儿、叶清寒 VS 江军、孟小天。
　　叶清寒对孟小天倒也自然，孟小天却免不了要表现得激动和色情些。

　　主要表现如下：
　　叶清寒一进门，孟小天做惊呆状："My god！额滴神啊！你……来了？"
　　还斜一眼游紫儿，假装控制住自己对叶清寒的格外热情。

　　孟小天望着叶清寒发呆，忘了出牌。

游紫儿打一下孟小天的胳膊:"出牌呀!"

孟小天恍然大悟的样子:"对不起对不起,刚才灵魂出窍了!"

叶清寒淡淡一笑。

江军责怪孟小天应该调主而不是出梅花,这个错误直接导致叶清寒把底给抠了。

孟小天满不在乎地说:"死就死了吧,英雄难过美人关,能做清寒的花下鬼,我是罗锅砸断背——死也值了。"

游紫儿嗔怪道:"你今天砸断两回了啊!"

也就这些,孟小天没机会过分表达,因为——

游紫儿也不知道怎么回事,简直太过分了,近乎于嚣张!

每隔一会儿就要对孟小天"骚扰"一下,或打或拍或敲或碰,好像很随意的样子,但傻子也知道这个女孩儿喜欢孟小天喜欢得要疯掉了!

其中最疯狂的一次,是游紫儿伸出双手从两侧左右夹击地去拍孟小天的脸庞,将孟小天拍成猪八戒吃人参果状,嘴里还很可爱地说:"你怎么猜到小毛在我手里的?你真的好好厉害哦!"

搞得孟小天格外尴尬,躲闪也不是,坦然也不对,浑身发毛,疲于应付。

江军则在一旁窃笑,心中暗暗佩服自己哥们儿的魅力以及……90后女生的风采!

没打多久,有人敲窗户,传来张助教的声音:"该睡觉了!各回各屋!这都几点了,啊?太不像话了!"

好久没有被老师这样管过了,大家被管得很欣喜,匆匆散伙。

不妙!

两个女生走了,江军一定又要上药!

这次,孟小天可早有准备——

趁江军去送两位女生离开的时候,孟小天以迅雷不及掩耳盗铃之势"咕噜"一下钻进被窝,如苍龙入海,再也不出来了!

被窝里隐约传来闷闷的声音:"累死了累死了,再折腾我也得病了!快睡快睡……"随即再没声息。

她意已决——打死也不出被窝!

江军果然不好再打扰她,再没言语,估计是自己抹了。

被窝里,孟小天想到明天江军很可能还找她帮忙上药,暗暗思忖对策……

必须先了断这个隐患,才能专心去摸对方的底,不

然每天就忙着躲险情了，计划根本没法执行！

怎么才能一次性解决这个事儿呢？……渐渐想起什么，心里有了主意。

半小时后，孟小天从被子缝里隐约听到江军均匀的沉睡的呼吸，才终于安心，踏实睡去……

后半夜，孟小天尿急醒了，以为是自己家，大大咧咧地下床，见一男生睡在对面，差点惊叫！

愣了两秒钟，才反应过来自己是在蝴蝶谷，是在星星阁，是在执行自己的PSG潜伏计划！

对面那个男生，就是她心目中的"梁兄"！

这一切来得太快了，好像电影一样。前后才一天时间，梦想转眼就现实成这样，真让人不太适应。

从卫生间出来后，听江军睡得很沉，孟小天就大着胆子悄悄坐到了江军床边，偷看他的脸。

江军仰卧，很方便孟小天的目光和屋顶小窗透进来的月光一起肆无忌惮。

孟小天就这么静静地欣赏、阅读。

看宽宽的额，看深深的眉，看合上的眼，发现眼睛合上以后也可以传情，那么亲切，那么淡定，那么宽容。

看着那在车窗外刹那划过的面孔如此清晰地呈现在自己的手边，不由成就感十足。

孟小天忍不住伸出右手食指，在距离江军皮肤一寸的空气里，从双眉间向下慢慢移动，用感觉去抚摸江军的鼻梁。手指悠悠地升起一段弧线后，又飘零的花朵般徐徐降落，再往下移，就是微张的嘴唇了——

孟小天将纤细的微凉的食指悬在那里，享受着江军深沉的呼吸一次次将它吹暖。

孟小天忽然落泪了，心说：我还会试你的，求求你，千万不要让我试出什么来啊……

16 篝火照亮狐狸精

一直到第二天中午,叶清寒还在严肃地批评游紫儿,说到高潮,居然来了一句:"你的表现,简直比坐台小姐还下贱!"

当时正在农家食堂吃饭,游紫儿立马急了,腾地站起来,怒视叶清寒!

孟小天和江军就在食堂另一个角落用餐,江军先看见了,高声问:"紫儿怎么啦?"

叶清寒用力将游紫儿拉坐下,对江军笑道:"没事!"压低声音对游紫儿,"你发什么火嘛!"

游紫儿也低声但恶狠狠地说:"我可扇过好几个人耳光,包括我爸,你最好小心点!"

叶清寒:"我是恨铁不成钢!你想想你昨晚的表现,咱们几个人也就玩了二十多分钟,我数了,你去碰孟小天就碰了不下三十次!你给人家按摩呢?我跟你使眼色你也不管不顾，怎么搞的嘛？我跟你说了要拿捏到位！拿捏！你懂吗我可爱的妹妹？"

游紫儿夹了一筷子山蘑菇："我不是想速成吗？"

叶清寒："你是想速败！要诱惑！明白吗？……吊胃口！明白吗？……他饿了，对吧，给他点吃的，一点点，但绝对不能吃饱，谁吃饱了还想吃呀？明白吗？"

游紫儿："你说一天碰他几次，一次几下吧？"

叶清寒差点让嘴里的野鸡汤呛住，想想道："……一天不能超过三下！"

游紫儿咽下最后一口饭，放了筷子："行，听你的！要不成，你赔我！今天这三下我先做了！"

叶清寒正茫然，游紫儿起身大步走到孟小天身边——啪啪啪！拍了三下孟小天的肩膀："小天你慢慢吃，我先走了！"

随后，在叶清寒、孟小天、江军迷惑的目光中，挺胸离去。

下午上活动课，黄老师带着大家做一个"心有千千结"的人际关系破冰游戏。游戏间隙，游紫儿发现孟小天还在色迷迷地打量叶清寒，根本不看自己，还不时和江军偷偷聊着什么，神色暧昧。

游紫儿忍不住小声问叶清寒："清寒，你是不是自己想搞定孟小天，故意用'酱子'的坏主意来搞破坏呀？"

叶清寒:"他还用我搞定吗?而且我还保证自己不被他搞定!你放心吧!"

游紫儿想想也是,可今天的三下都碰完了,她也不知道还能做什么,偶尔会呆呆地将目光定在孟小天身上,正如孟小天将目光定在叶清寒身上。

就算游紫儿和孟小天目光相遇了,孟小天也只是朋友般笑笑,眼神里的电量连半格都没有。

唉!失败!

黄昏时候,游紫儿问叶清寒:"你想搞定江军吗?"

叶清寒靠着河边的栏杆,随手摘了一瓣玉兰花,边在手里把玩边说:"没兴趣。"

游紫儿:"那咱们班十一个男生,你想搞定谁?"

叶清寒:"你想要一个,我就得也要一个呀?"

然后看着夕阳下的小青河上的粼粼波光,神秘地一笑:"我谁也不想搞定。"

游紫儿撇撇嘴,心想:看那份笑吧!一定想搞定谁!谁呢?

到了晚上的篝火讲座,游紫儿心中的问题找到了答案。

当晚的即兴演讲训练由班主任梅曼老师亲自组织。梅老师不仅人长得风姿绰约,讲起课来也是款款动人,大家听得十分享受。

讲完要点,梅老师让同学们依次练习。演讲题目是"我的理想"。

先点了江军的名。大家鼓掌,江军起身。孟小天还喊了声加油!

江军的脸比火光还红,显然对在很多人面前说话很不适应,只说了一个"我"字,就尴尬得说不下去了。

梅老师温和地提醒道:"放松肩膀,深呼吸……要是觉得手没地方放,可以拿个东西,讲稿啊,手机啊,都可以。"

孟小天赶忙把手里拨篝火的树枝递给江军,全班大笑。

江军更不敢说了。

梅老师鼓励道:"没关系,说吧。"

江军紧紧抓着手里的树枝,结巴道:"我……我是美术学院毕业的,所以,我的理想就是……"说到这里,因为过度紧张,手里的树枝居然被他啪地折断了!

大家再度大笑。

江军没有勇气继续了:"梅老师……你让其他人先来吧,我今天准备准备,明天晚上我讲,好吗?"

梅老师想想道:"好吧,说好了,明天晚上!请坐吧。"

江军之后三个是孟小天,孟小天起身,大大方方地

说:"我的理想。我的理想就是找个漂亮可爱的女孩做我的人生伴侣,有没有钱无所谓,做什么工作也无所谓,快快乐乐生活一辈子就好!这就是我的理想!"

虽然简短,但赢得了梅老师的表扬。

然后是游紫儿,游紫儿起身道:"我的理想。我的理想就是找个潇洒帅气的男孩做我的人生伴侣,有没有钱无所谓,做什么工作也无所谓,快快乐乐生活一辈子就好!这就是我的理想!"

全班会意大笑……

孟小天的脸比火光还红了!

笑声把来旅游的几个外国人都吸引过来看热闹。

等到一个叫梁峰的戴眼镜文弱男生演讲的时候,游紫儿断定:叶清寒想搞定的就是这个人!

因为只有这个男生演讲的时候,叶清寒只看着熊熊的篝火,一眼都没看这个男生!

这就是传说中的"装"字,绝了!

真能装!

再结合梁峰的演讲内容就更明白了:"我今年二十七了,但我很庆幸自己已经有了人生的第一桶金,我的理想是,在三十岁的时候,成为千万富翁!"

哦……

原来是"酱子",了解了!

游紫儿心想:我当林黛玉真人版呢,原来是披着画皮的拜金女、狐狸精呀!

心头立马充满了对叶清寒的不屑!

DKZ 计划?……

盯着噼啪作响的篝火,稍一沉思,游紫儿不由冷笑。

哼,破译了!

一会儿我就告诉小天去!

撕了她的画皮!

17 史上最雷人谎言

一大早,孟小天就找个角落偷偷给哥哥孟小明打手机,将孟小明从睡梦中吵醒。

孟小明恼了:"你怎么这么讨厌呢!昨晚给你打电话,没说两句,你就嫌烦要挂断,一大早你倒有事儿和我说,你……"

孟小天:"好哥哥好哥哥好哥哥好哥哥……"

孟小明:"说吧。"

孟小天问起有一次哥哥大腿根儿上长疖子后来是怎么好的,她记得好像是吃一种什么药。孟小明果然说是吃药好的,并明确说比抹碘酒管用,孟小天让哥哥报了药名。

孟小明还要进一步追问是怎么个情况,孟小天已经恢复了昨晚的烦躁:"管那么多呢,睡你的吧!"挂断手机。

上午十一点多下了课，孟小天避开江军，向几个男同学打听："哥几个谁开车来的？"

梁峰说他开车。孟小天就请梁峰开车带她去附近县城药店买了药，回来还能赶上午饭。

梁峰开的是辆奔驰车，孟小天虽说见得多了，为了表示感谢，也只好恭维道："哥们儿混得不错呀！"

梁峰的笑容透着书生的谦逊："哪里，瞎混。"但很明显，谦逊里还透着得意呢。

农家食堂，孟小天打了饭菜，直奔江军身边，一坐下就掏出药："吃这个吧，比碘酒管用。我刚才搭梁峰的车去县城给你买的！"

江军没想到，笑道："谢谢你还惦记着！"

孟小天咬口大馒头："哥们儿嘛！"

江军："你怎么知道这个管用？"

孟小天压低声音道："我下边也长过。"

……

说完以后，孟小天才觉得这句谎言是如此惊天地泣鬼神，想到江军终究有一天会知道她是女孩儿……不禁害羞得想要立刻散成分子，消失在这个宇宙！

幸好，江军没注意到孟小天脸有多红！

他看见不远处的游紫儿突然起身怒对叶清寒,两人好像生气了,忙提高声音问:"紫儿怎么啦?"

叶清寒拉游紫儿坐下后,江军才接起刚才的话题,对孟小天道:"哦,你也长过……那你也要注意,这个季节可容易犯,我就是……"

孟小天实在没有勇气与江军继续讨论这个问题了,打断道:"说点正事行吗?"

江军:"什么正事?"

孟小天想想,看看游紫儿和叶清寒那边,做出色迷迷的样子道:"帮我想想,怎么能追到叶清寒呢?太他妈的好看了!"

江军想想道:"小天,你真的觉得叶清寒好啊?"

孟小天:"……当然。"

江军:"我怎么觉得你好像是开玩笑,觉得色迷迷地逗她挺好玩的。"

孟小天严肃道:"没有没有,我是真的……很色。"

英台姐姐,我冤!

江军:"你要听我劝呢,清寒和紫儿两个,你选紫儿吧!"

孟小天望着游紫儿压低声音:"可我不喜欢她呀!"

江军:"喜欢是可以培养的,你看紫儿对你多好,虽然夸张了些,可她真的是用心喜欢你,找了这样的女朋友,她一定会让你幸福!"

孟小天:"原来你喜欢游紫儿这样的!那我给你说说去……"

江军打断道:"我没说我喜欢这样的呀,我……"

孟小天绝不容这个时机错过,闪电般出击:"那你喜欢什么样的?"

江军想想道:"我不知道,可能还没遇上吧。"

孟小天:"我就不信你不喜欢清寒!你看那身材,那皮肤!那气质!多那个呀!……你不喜欢?你敢说你不喜欢?切!对哥们儿你还装!有必要吗?没关系,咱俩竞争嘛!你要喜欢,我让给你!只要你说你喜欢,一句话,我就让给你!你说你喜欢不喜欢吧,喜欢就说喜欢……"

孟小天也不知道自己怎么废话这么多,难道是怕对方说出喜欢来?

江军几次想回答,插不进去话,直到孟小天闭嘴大概五秒钟,江军才说:"我没想这事儿。我来这里是想好好学学人际关系的,不想考虑其他事儿,罗觉给我交了那么多钱,我不能对不起他。"

……真的遇上郭靖了?

今天不能再试下去了，再问太娇情了。

不过，还是要找机会问，而且，逼也要逼着他回答！必须的！

就在这个时候，游紫儿突然大步过来，"啪啪啪"拍了孟小天肩膀三下，"小天你慢慢吃，我先走了！"

等游紫儿背影远了，孟小天才大张着嘴，夸张地哀怨道："妹妹，你当我是皮球啊！"

江军忍不住哈哈大笑！

下午上课时，孟小天反复回味中午江军说的那句话——

"喜欢是可以培养的，你看紫儿对你多好，虽然夸张了些，可她真的是用心喜欢你，找了这样的女朋友，她一定会让你幸福！"

那就是说，起码，他很在意对方是不是很喜欢他！

他喜欢喜欢他的人！

那我不是……吼吼……

想到这里，孟小天偷偷乐了，脸上的笑容灿烂到——竟然被黄老师拿来举例。

黄老师正在讲"微笑的力量"。

黄老师："各位同学，大家请看孟小天同学的笑容，多美好，多快乐，多亲切，谁会不愿意和这样的人交往呢?"

在同学们的目光中,孟小天只好笑得更美好、更快乐、更亲切,目力的主光去看叶清寒,余光却留意到江军也正欣赏地望着她呢,同时还扫到游紫儿对自己一往情深。

这一笑灿烂是灿烂,也够累的。

18 关于理想的急转弯

晚上刚回到星星阁,还没喝口水呢,就有人敲门。

江军问:"谁呀?"

门外传来游紫儿的声音:"我!"

江军正要开门,孟小天急忙双手合十做拜托哀求状,指指自己的头,做出疼的样子,又做出睡觉的样子……

江军明白了,大声道:"紫儿啊,小天今天头疼得厉害,睡下了!"

门外犹豫了一会儿,传来声音:"你告诉他,我有重要的事情跟他说,是关于叶清寒的!"

江军用目光问孟小天,孟小天摇头,又摆手,意思是让江军帮忙把她打发走。

江军大声对门外:"他说自己不舒服,明天再说吧!"

游紫儿又关心地问:"他是不是病得很厉害?我妈咪给我带了好多药,他要不要吃啊?"

江军:"不用了紫儿,他休息休息就好了,我照顾他,你放心吧!"

游紫儿:"哦……那我走了,拜拜!"

听见游紫儿脚步声远了,江军才问:"为什么骗人家你头疼?"

孟小天:"她一来我真的头疼!再说了,不是说好让我帮你练演讲的嘛,她来了还能练吗?"

江军这才想起:"也是。"

孟小天:"这样吧,我替你说一遍,你照着我说的来。"

江军:"好。"

孟小天喝了几口水,站到当地,表演起来:"各位老师各位同学,我是江军,今天我演讲的题目是,我的理想。我从小就爱画画,我的理想就是画画,我想背上我的画架去海边,去沙漠,浪迹天涯,周游世界,在晨曦中,夕阳下,画山画水,画风土人情,画这世间美好的一切,追求我心中的艺术。为了艺术,我可以奉献出自己的一切。我要成为另一个……徐悲鸿……不,还是凡·高吧,我要成为另一个凡·高!"

江军不禁鼓掌:"太精彩了!"

孟小天:"其实不是我精彩,是你的理想太精彩了!

你看梁峰那样的人,能说出什么彩来?什么三十岁的时候赚一千万,俗死了!谁愿意听那种演讲啊?无聊!……来,你来一遍!"

江军有些傻了:"我……来不了。"

"没记住,是吧?"孟小天鼓励道,"其实你也不用一字一句都和我一样,是这个意思就行……"

江军:"不是……我是说……你刚才说的那些不是我的理想!"

孟小天反而傻了:"不是你的理想?……那你的理想是什么?"

江军尴尬道:"真不好意思,我的理想其实就是……你说的最俗的那种,对不起……我……我也想在三十岁的时候赚一千万!"

哦?

孟小天一时没反应过来,也不知说什么好……

自从知道江军是美院毕业的那一瞬间,她就觉得他的理想就应该是做一个流浪的前卫画家啊!怎么他的理想成了赚钱了?

江军道:"我学画画,其实也就是为了上艺术类院校分数能低点,学了四年,更觉得自己没什么画画天赋,别说凡·高、徐悲鸿了,我连成为蔡志忠的信心都没有。

但我还是想利用自己的那点专业赚钱,就和罗觉一起想到办一个公司,专做动漫课件,对绘画的要求不高,可市场非常大,做好了,能赚很多钱……我真的想在三十岁前赚一千万,孝敬我爹我娘,娶个好老婆,生个闺女,我特想生个闺女!就算生活在城里,我也要到郊区买房,门前得有树。往大了说,我想把我们村的学校扩建一下,再就是,把我的客户服务好,这就是……我的理想。"

看着孟小天一言不发地看自己,江军说不下去了:"对不起兄弟,哥哥我太俗了……"

孟小天愣了片刻,忽然笑了,继而鼓掌道:"好!其实你刚才说得就特别好,你只要照你刚才说的,在大家面前说一遍,就非常精彩!"

江军:"不俗啊?是不是太没彩了?"

孟小天脑子有点乱,但嘴里已经反过来安慰江军了:"不俗不俗,很实际!做人就得实际点。什么凡·高,幸好你没听我的,不然耳朵保不住了!当什么流浪艺术家,那才叫俗呢,俗死了!"

江军苦笑道:"可你刚才说得可不是这样的……小天,不知怎么了,我就觉得吧,你对我特别好,无论我怎样,你都觉得我对。你比罗觉都对我好……"

说到这里,居然声音变细,来了一句小沈阳的词:"这是为什么呢?"

其实，从逻辑上，孟小天自己都很难解释，为什么可以突然间一百八十度转弯认同另一种理想，她有些混乱地说：

"我也说不清楚，本来吧，我觉得这样挺俗的，可一听你说，什么在郊区买房，门前种树，生个闺女，我反而觉得……这才是最浪漫的……现在想想，梁峰的追求可能也很好。是啊，应该追求事业的成功，这样挺好的……刚才我说错话了，我认错。你的理想很好。明天你就这么说！"

江军笑了，点头道："嗯！"

孟小天也甜美地笑了。

江军："你的笑容真有感染力，连老师都夸你！"

孟小天装成不在乎的样子，进卫生间去了，心道：还不是因为心里想着你。

熄了灯，躺在床上，孟小天又在回味江军的理想……

赚一千万，娶个老婆，生个闺女，郊区买房，门前有树……

虽然和自己想的不一样，但，真的，挺好。

孟小天再次诧异于自己能如此迅速地接受一种从未想过的爱情与未来！

"梁兄"的魅力真是太强大了!

朦胧中一侧脸,看见江军也侧面睡着,好像也在看她,连忙闭了眼睛,过了片刻,又偷偷睁开一条很小的小缝查看——

哦,是自己多心了,只是好像而已,江军已沉沉睡去。

孟小天心想,他还有什么我不了解的,我想不到的呢?

如果有,我是不是也会这么快就接受呢?

当然,那个终极问题还是要问!

他会怎么回答呢?

……如果孟小天有预知能力,如果她能想到江军给出的终极答案将会如何令她震撼,只怕打死她她也不会问了!

从那以后,她将学会一件事——有些问题是不能瞎问的,危险,很危险!

19 DKZ 计划幕后真相

游紫儿回到仙女堡时,叶清寒刚洗完澡出来,正坐在床边梳理一头青丝,看上去很美,身上还散着淡淡的体香。

不过,游紫儿闻到的已然是狐狸的骚味儿!

游紫儿冷笑道:"清寒,你才比坐台小姐还下贱呢!"

叶清寒温和笑道:"还记仇呢,我批评你是为了你好!"

游紫儿劈头盖脸地点破一切:"你为什么来这个培训班?你以为我不知道?你是为了钓到有钱人!怪不得小天那么帅你都不喜欢,怪不得江军那么男人你都不喜欢,原来是嫌人家穷!你的目标是梁峰!你真的够阴险哦!"

叶清寒愣了。

游紫儿继续轻蔑地道:"什么 DKZ 计划,幸好我看的港台剧比你还多,不就是钓凯子吗?装得挺纯挺傲,原来就是个钓凯子的狐狸精！你说，是不是'酱子'？亏了小天还那么喜欢你！迷恋你！你也好意思！"

叶清寒慌了，想了想，忙问："你把这些都告诉孟小天了？"

游紫儿："他今天头疼，我怕让他心也疼，不过我一定会揭穿你的，你别急！明天晚上我拿这个秘密练个演讲也说不定哦！"

叶清寒站起身来，用冷冷的腔调道："你凭什么揭穿我？"

游紫儿毫不示弱："我凭什么不揭穿你？"

叶清寒有些激动了："是你自己调查出来的吗？是你火眼金睛吗？是我喜欢你！相信你！根本就没防备你！说穿了，我本来就希望你知道，也希望你能掌握我的技巧！你想想，是不是这样？"

……

游紫儿一时无言，愣愣坐下！

叶清寒："你我昨天才认识，我把你当亲妹妹一样，把我最隐秘的东西教给你，你反而要揭穿我，你凭什么揭穿我？"

游紫儿示弱了，不敢回答。

叶清寒："紫儿，你还小，可男人的河是我们每个女孩子都要去蹚的。我今年二十四岁了，我像你这么大的时候，比你还纯，还简单，还可爱，可我差点淹死在男

人的河里,我才学会了怎么游泳。我是怕你也淹死,我才跟你说那些,你却……"

说着,说着,叶清寒居然哭了,哽咽地坐到床边。

游紫儿被感动了,安慰叶清寒:"对不起清寒,我不知道你这么用心良苦,可我搞不懂……"

叶清寒:"等你懂的时候就晚了!男人基本上没什么好东西,你要学会利用他们,而不是被他们利用!"

游紫儿:"……哎,不对呀,你不是还教我怎么去爱孟小天的吗?"

叶清寒:"是搞定!不是爱!你绝不能真的爱他,但你可以通过搞定他练习一下怎么征服男人!懂了吗?搞定他,然后就甩了他!"

游紫儿:"……啊?好坏哦!"

叶清寒冷漠道:"情场如战场,你不让别人受伤,别人就会让你受伤!"

游紫儿:"战场?我是真的喜欢他呀!"

叶清寒苦口婆心:"日子不是靠喜欢两个字就能过的!要靠钱!男人征服世界,女人呢,要通过征服男人征服世界!等到我们人老珠黄的那一天,哪个男人还会爱我们?我们要趁年轻,用青春和美丽尽量多地兑换金钱!"

游紫儿:"……还是去坐台。"

叶清寒:"那是最愚蠢的,收入也最低!你用谈恋爱的办法那就不一样了，搞定一个大款，那就是一大笔啊！……"

叶清寒讲得起劲，但游紫儿听不下去了："停！你别说了，就像你刚才说的，我还小！"

叶清寒："可你不听我的，你一定会受伤！"

游紫儿恢复了豪爽气度："那就受伤好了！受了伤我再明白吧。要是直接淹死……我也认了！可能淹死也挺爽的，要不还有人跳河呢！"

话不投机半句多，两人都说不出什么来了！

熄灯后，游紫儿躺下，才看着屋顶的小天窗，对叶清寒道："清寒，'酱子'，我不揭穿你，可你绝不能欺骗小天。其他我不管，看见了也当没看见。"

片刻后，叶清寒道："一言为定。"

两人各自睡了。

半夜里，叶清寒的一声尖叫将游紫儿惊醒！

——"易少南！我杀了你！……"

游紫儿侧过头来，看见叶清寒不知梦到了什么，惊悸起身，披头散发地坐在铺满月光的床头，直喘粗气，如受伤的梅超风！

过了一会儿，有云将月亮遮上，黑暗中的叶清寒又

失声抽泣起来……

游紫儿看得鼻子发酸,下床,走过去,轻轻抱起叶清寒,安慰道:"清寒,别怕,都是梦,啊……别哭了……"

游紫儿心想:这个叫易少南的,一定是个浑蛋!

窗外,夜风掠过白桦林,林的深处传来神秘、凄楚的呜咽……

20 难道我是同性恋？

砰砰砰砰……

听着自己心跳变快，江军更怀疑自己：难道，我就是传说中的……

同性恋？

从在蝴蝶谷度假村大门口第一次正视孟小天，江军就有一种很异样的感觉，到今天晚上，他不得不承认，这种感觉就是……喜欢。

我……喜欢上了……一个男的？

江军小心翼翼地分析着自己的心理，生怕这是个事实。

小天灿烂的笑容，小天豪放的话语，都让他觉得很……喜欢。

更让他害怕的是，小天好像也……喜欢他！

不然怎么会无论他说什么,无论他怎样,小天都会那么快认同!晚上的演讲练习更是这样了,如果不是喜欢,他怎么会……

老天爷!我和另一个男人两情相悦?

不要!

停!

但思绪却"不要停"地继续纷乱着……

躺在床上,江军努力克制着自己不去想,但无意间,还是转成了侧面,去望朦胧中的小天!——自己竟然想多看他一会儿!

忽然,孟小天也侧过身来,好像也在看他!

砰砰砰砰……

江军心跳加速,赶紧闭上眼睛!

过了片刻,江军偷偷把一只眼睛睁开一条极小的缝儿,窥视——

还好,只是好像而已,孟小天并没有看他,已经沉沉睡去。

但江军意识到自己心跳加快了!

这有什么值得心跳加快的呢?

从小到大,江军对任何一个女孩儿都没有这样心跳过!难道我真的……

别这么想!

不敢这么想!

绝不能这么想!

……

江军在对自己的反复叮咛中睡着了。

梦中,很美妙的,他梦见了两只蝴蝶,一红一蓝,飞进蝴蝶谷度假村的大门,飞过那条悠悠的柳荫道,上下翻飞,翩翩起舞,追逐嬉戏……

黎明时分,江军梦醒,自我陶醉了一小会儿,才陡然一惊地想起——我怎么能做这样的梦?还为这样的梦陶醉?

不能再想下去了!

有些烦躁的江军命令自己起床,看也不看孟小天一眼,穿衣,出门,出了晨曦霭霭的白桦林,沿小青河跑起步来……

还是罗觉让江军平静了下来。

罗觉是上午来的,等江军下了课,和江军一起到农家食堂吃饭,孟小天、梁峰等几个同学也同桌共餐。

罗觉讲起江军如何挑明一个投资商讲的那个蝙蝠空姐的笑话,梁峰笑了,说这本身就是一个笑话,孟小天

却说:"要是我啊,他刚开个头,我就不让他讲了,老掉牙的破笑话,还好意思说!"

聊得投机,梁峰还说可以考虑给他们的动漫课件公司投资,罗觉和梁峰连忙互换了名片。

吃完饭,孟小天、梁峰等人为了让他们老同学单独畅聊,就各自散了。

江军和罗觉走到小青河边一棵老柳树下。坐在柳荫里的石阶上,江军说了自己的心事。

"……你说,我这应该不算是有同性恋倾向吧?"

罗觉表情很认真地道:"有也没关系,社会开放了,越来越多的人都认同这事儿,还可以办移民,到荷兰还能结婚!"

江军怒骂:"操你妈!老子不想有!你开我玩笑是不是?"

罗觉大笑:"那你还瞎担心什么?你怕自己有,那就是没有!真正的同性恋会怕自己是同性恋吗?"

江军愣了愣。

罗觉:"你为什么会觉得有呢,还不是因为那个孟小天长的有点像女生吗?因为他像女生,你有点喜欢他,说明什么?说明你小子还是喜欢女的!明白了?"

江军笑了:"原来是这样。"

罗觉笑道:"我认识真的同性恋。就你?你哪有那素质,那境界啊?再说了,就算你真的有,你也该先爱上我呀!"

江军一脚踹在罗觉屁股上:"我爱你!我爱死你!……"

二人打闹大笑。

罗觉走后,江军坦然了许多,对孟小天也坦然了许多,该怎样就怎样!

小天就是我兄弟!没别的!

可是……为什么我会很顺溜地在罗觉面前说脏话,在小天面前却不行?为什么我可以随便踢罗觉的屁股,却竟然有一次莫名其妙地想去亲一下孟小天的脸?

江军想着罗觉的话,努力安慰自己:没关系,有一点这种念头没关系,谁让他长得像女孩儿呢!

21 最后一个杀手

人际关系训练营第三晚篝火讲座的主题是：怎样高效率地说谎。

梅老师首先讲了为人处世时说谎的必要性。有时，它是礼貌；有时，它是策略；有时，它甚至是真诚的关怀。

接着讲了说谎话的技术要领，最后，用"杀人游戏"来做训练。

这些课程，孟小天、游紫儿等人，当然也包括叶清寒，理解学习得很快，但有个别同学——比如江军同学，则有如听天书之感，而后豁然顿悟——原来说谎如此必要，如此重要！

并终于明白——自己上次对那个蝙蝠空姐的笑话实话实说，是没有弄清楚——有时候说谎是一种礼貌！

心下暗暗感谢罗觉，嗯，这课还是有用的。

杀人游戏开始了。

十六人参与，四警察，四杀手，八平民。

这游戏江军听说过，不会玩，先观战。

孟小天显然是老玩家了，第一局不过是张平民牌，她却从头至尾说自己是警察，还带领大家投出三个杀手，最后光荣挡刀，成为最大功臣！

第二局是张杀手牌，却还是从头至尾说自己是警察，白天带领大家找杀手，晚上出来杀警察，四刀四警察，杀手队完胜！

江军佩服得五体投地，游紫儿激赏得芳心乱跳，叶清寒都有些目瞪口呆！

这下大家怕了，孟小天第三局被首杀！

第四局重装上阵，孟小天又是杀手牌，这次她佯装无辜扮平民，PK上的精彩谎言让警察们都把她当做自己人。玩到最后，只留下叶清寒、孟小天、梁峰和另一个女生。

最后一张警察牌是叶清寒！

梁峰和另一个女生都是平民……

梅老师主持："天黑请闭眼，杀手请杀人！"

旁边所有睁眼的人都认为杀手队一定赢了，同为杀

手队但已经出局的游紫儿忍不住要欢呼雀跃——孟小天绝对不会判断错误,这一刀必定要落叶清寒!

但谁也想不到——孟小天一抬手,居然落了一个一看就是平民的人——梁峰!

"天亮"后,叶清寒指认最后一个杀手孟小天,另一个女生跟票,警察和平民险胜,孟小天、游紫儿等四人的杀手队失败。

孟小天大呼自己看走眼了,但游紫儿却马上猜透了其中奥妙,眼底是无尽的失落——小天是不忍杀叶清寒……

江军看了一眼游紫儿,也猜到了游紫儿猜到的事情。

孟小天心里当然知道会有人知道,她要的就是这个效果!

就是要让他们知道:孟小天这个小色鬼,居然会利用游戏向叶清寒示爱!

心下得意:这就是游戏外的游戏了,你们谁能猜透?玩杀人,哼哼,你们太嫩了!

但在那一晚的最后一局,老玩家孟小天却彻底懵了!

如雾里看花,盲人摸象,逻辑全无,技巧尽失!

那一局,看了一晚的江军上场了,十六人,经过几番斗智斗勇,只有三个人走到了最后一轮——

孟小天，江军，游紫儿。

"天亮了"，孟小天手里拿了一张平民牌，但游戏还没结束。

不用说，游紫儿和江军是一警一杀！

谁是警察？谁是杀手呢？

由于之前游紫儿好像想隐藏身份，发言很少，江军又不大会发言，所以二人的身份很难判断。

老师同学们静静围观，都很守规则地不给任何场外信息。

孟小天微微一笑。

她要聚精会神地听最后一轮发言，她不信听不出来。

连经常和她玩的妙姐都说，听发言、看表情的能力才是小天玩杀人的看家法宝！

游紫儿先发言："小天你不会看不出来吧？我是最后一个警察！你必须跟我上票，把最后一个杀手江军投出去！我前面说话少是警队安排我装平民，我不能暴露的，你要相信我！江军是最后一个杀手！投了他就赢了！"

孟小天斜了一眼游紫儿：说话直喘粗气，要不是被张助教按住，早就跳起来了，篝火把她着急的脸照得更红！

不像说谎。

接着是江军发言："小天，这是我第一次玩，你知道

我不会说谎，游紫儿玩多少年了，她是在表演！刚才警察队伍的老大让我假装平民，他打手势说因为我是个新手，没人怀疑，所以我一直没怎么说话。你相信我，把紫儿票出去，咱们就赢了！"

孟小天抬头望江军：语气真诚，气息稳定，目光毫不躲避，坚定从容，一个昨晚在人前说话都发抖的人，说起谎来会如此镇定？不可能！

江军不会说谎！

……那就是紫儿？

孟小天又看一眼游紫儿，游紫儿急得眼泪都快出来了，一脚踢到伸出篝火外的树枝上，篝火里冒出阵阵火星！

不会吧？

……难道会是江军？

孟小天再看一眼江军，江军轻轻叹口气，一副说多了也没用的无语状态，微抿着嘴唇，沉默地盯着篝火！

怎么会呢？

太梦幻了……

孟小天彻底茫然！她不得不借助游戏外的现实世界进行场外分析——

游紫儿会骗我吗？她……那么……喜欢我！

江军会骗我吗？我……那么……喜欢他！就是因为他诚实，憨厚，像郭靖。

可是这两个人中，必定有一个是杀手！

必定有一个在骗我！

是谁呢？

梅老师提醒说时间到，孟小天必须做决定。

孟小天只好说出了一个人的名字。

她只能认定是这个人，而不是另一个。

当梅老师问"你确定"后，孟小天说"我确定"！

然后，游戏结束——警察和平民输。

孟小天猜错了！

周围一片叹息，喧哗……

孟小天呆住，就算是游戏，她也万万不能相信——

22　郭靖居然骗黄蓉！

游紫儿几乎是哭着被叶清寒拽走了……
老师同学们也渐渐散去。

孟小天却依然坐在篝火边，有些无力地想着：
江军究竟是个什么样的人？
他还有多少我没看到的另一面？
他怎么可以这样骗我？
如果郭靖这样骗黄蓉，他还是蓉儿的靖哥哥吗？

"小天，想什么呢？"
是江军的声音。
孟小天感觉到江军就站在她的身后，却没有说话，也没有回头，等着江军的安慰。
但没想到，等来的，不是安慰。

是——

"小天,你跟我说实话,刚才你是真没看出我是杀手,还是为了鼓励我,故意让我赢的?"

孟小天回头看看江军诚恳的样子,淡淡道:"我是没看出来,这么貌似诚恳的人,居然这么会骗人!"

"耶!"江军居然做了一个兴奋的动作,"太棒了,骗倒你可不容易啊!小天,你太会说谎了!一套一套的,分析那么透彻,那么全面,还那么煽情,有时候还很生气,原来都是假的,原来都是谎话!你可得教教我啊!"

……

这一番真诚谦虚的表达,顿时让孟小天所生的那些气转眼泄干净了!

是啊,凭什么人家就不能骗人呢?

你自己是怎么玩的?哪句不是谎言?游戏内的谎言一层又一层,游戏外的谎言也是一层又一层!

你自己是一个诚实的人吗?

难道江军在玩这个游戏时,直接承认说——我是杀手!这个人就可爱了?

如果紫儿是杀手,紫儿也必然会说她是警察!这个游戏就是这样的!

郭靖没骗黄蓉,可他也骗过欧阳峰啊!

我不可以为这个生气。

江军应该有他狡猾……不,睿智的那一面!

就这样，孟小天再一次迅速接受了一个会说谎的郭靖，一个会骗人的梁兄！

以至于江军问："小天，你不会因为我骗了你，真生我气吧？"

孟小天大大咧咧道："不许抬高自己，我会为一个游戏生气吗？再说了，"语气悠然地接着说，"你能断定我不是鼓励你吗？"

……江军愣了愣，没敢回答这个问题，只是说："那你一个人坐这儿瞎想什么呢？还想那个叶清寒啊？"

叶清寒？……差点忘了这个人！

不过江军提醒的很及时，孟小天立刻做忧伤状，摇着头，叹着息："还是哥们儿最了解我啊，清寒怎么就对我一点感觉没有呢？唉，爱一个人，真的好难。"

靠！原来我他妈的才是说谎大王！

江军踹孟小天屁股："真没出息，跟我回家！起来，走！"

看来是真把我当哥们儿了，孟小天借着江军的脚力，做出一个被一脚踢起来的姿势，跌跌撞撞地往白桦林那边晃去，嘴里夸张地拉着长音："清寒！你怎么才能爱上我呀？"

江军笑着跟上："真不知道你他妈是真是假……"

好!脏字也引出来了!我已经成为那个能让你说出一切真心话的哥们儿了!

明天,我就要揭开关于你的所有真实内幕!

你没有浪漫的生活愿景,我接受!

你会说谎,我也接受!

你还有什么我不能接受的吗?……

答案是,有。

23 好想好想跳火坑

回到仙女堡,游紫儿居然趴在桌子上,很像回事地哭,哽咽不止,肩膀抽搐。

叶清寒只好安慰道:"紫儿,一个游戏,你何必较真呢!"

游紫儿突然停下哭声,回头骂道:"你们这帮大骗子!你!还有江军!都是大骗子!骗得小天好惨!小天就是人太好,太老实……"

安慰归安慰,叶清寒还是抽空瞪大了眼睛:"你说孟小天太……老实?"

游紫儿叫的声更大:"他就是太老实才老被人欺负!他就是太老实才用情太深,宁愿自己受伤害!就是'酱子'!那一把,全班人都看出来了,你是警察!他好好哦,像张无忌不忍伤害周芷若一样,他根本不忍心杀你!就那么傻傻地笑着……等你杀他,等你给他一剑……好无辜，好可怜，好悲哀，好凄凉！你怎么忍心啊你这个狐狸精！"

悲痛的眼泪夺眶而出！

叶清寒受不了："我要疯了，紫儿，情人眼里出西施也不带这么出的！陈冠希倒成了受害者了？……他可怜！他凄凉！他是在当着全班同学的面儿调戏我！是调戏！你是真不知道还是假装不知道？要在杀人吧，我早闪了，我点破他是杀手是给老师面子，你怎么全都反过来说呢？我看你真是被孟小天迷糊涂了！"

游紫儿当然不认可："他对你一片痴情，你还说这样的话！幸好有我在，我绝对不会让他上你的当！"

叶清寒："紫儿，你放心好了，我没兴趣骗他。"

游紫儿起身，从包里拿出一张纸和一支笔，拍在桌上："那你给他写封信！"

叶清寒："写信？什么年代了还写信，我从来就没写过，你要干什么？"

游紫儿："长痛不如短痛，写封信，让他断了爱你的念头。"

叶清寒："我不写。"

游紫儿："不写我就把你的事儿彻底揭穿，把你想钓梁峰的事儿搅黄！"

叶清寒："我写。……怎么写啊？"

游紫儿:"我说,你写!"

叶清寒坐到桌前,执笔听令。

游紫儿在屋里来回踱了两圈,把构思的话慢慢念出来:"孟小天同学:你好!你对我有好感,我了解,谢谢你!通过这两天的接触,我觉得你是个很可爱的男生,但是,我们之间并不合适。一来,我的性格不适合你,你应该找个可爱型的,个子也没必要像我这么高……"

叶清寒停笔讽刺道:"我直接写你应该找游紫儿吧!"

游紫儿:"也好……不行!想玩我啊?少来!这事儿得让他自己感觉出来,不能说出来,懂吗你?"

叶清寒冷笑。

游紫儿继续:"关键是这个二来。二来,我已经有男朋友了,而且,我肚子里已经有了他的小 Baby……"

叶清寒很利落地放下笔,道:"紫儿,你还是揭穿我算了。"

二人僵持一阵。这次,游紫儿妥协,同意把小 Baby 的情节删除,叶清寒才继续写。

写完,叶清寒交给游紫儿,游紫儿看完,笑了。

叶清寒:"满意了?"

游紫儿一脸可爱的笑容:"嘻嘻,清寒,其实你挺好的。虽然是个狐狸精吧,可是个很好的狐狸精!你看《画皮》里的周迅,天天吃人心,大家还那么喜欢她。你也是。"

叶清寒:"那本狐狸精小姐要告诉你,这封信也许可以绝了孟小天追我的念头,但并不能让他喜欢上你。"

游紫儿:"那我怎么办?还是每天三下?"

叶清寒:"那是一个小花招,你还用不好。不过,我还有至少十个让男人喜欢上你的绝招,你顶多选用三招,一定搞定孟小天!"

游紫儿忙问:"快说快说!"

叶清寒犹豫道:"我怕教给你,是把你往火坑里推。"

游紫儿:"我好想好想跳火坑哦!快说。"

望着游紫儿天真无邪的面容,叶清寒仿佛想起了当年的自己,她笑笑,轻轻摇摇头:"不,我还是不能教你。除非你答应我,别把这场恋爱当真,只是玩玩,我就教给你。"

游紫儿脱口而出:"我答应你,搞定孟小天,就是玩玩他,不当真。你说吧。"

这分明就是拿了一张杀手牌,随口说自己是平民。

叶清寒一时无语,心想——

她还是不知道,火坑里,有多疼。

24　灰太郎的号码牌

第四天上午的课程是一项体验式培训：生命之旅。

男生各抽一个号码牌，女生各抽一个号码牌，号码相同的男女组成一对搭档。

用眼罩蒙上女生的眼睛，由男生牵她的手往一片野外丛林里走三百米（林中有一条小溪，要踏着石头过溪水），回来时，则蒙上男生的眼，女生引路。

最后大家回到丛林外一片空地，全部蒙上眼睛，互相触摸，找到和自己搭档的人。由此感受如何与人合作，并学习感恩。

游戏的组织者一位热情似火的年轻的金牌培训师，他让同学们叫他 Titus。

张助教先给男生发的牌，男生们已经在议论自己的号码了，才开始给女生发牌。

游紫儿拿的是七号,她还早注意到男生中拿七号的是梁峰,不是孟小天!

遗憾!

叶清寒忽然碰碰游紫儿胳膊,轻声道:"来,咱俩换换。"

哦,她想和梁峰搭档!

游紫儿立刻明白——

叶清寒要用这个机会搞定梁峰!

你想啊,两个人手拉手,互相引领,互相搀扶,互相信任,最后还在黑暗中互相触摸、寻找,再加上叶清寒的不知道多少种的花招,明"骚"易躲,暗"贱"难防,梁峰想不被搞定都难。

叶清寒换号码牌,还要给梁峰与她的相恋造一个偶然,造一个缘分!

游紫儿犹豫了——这不是把这位眼镜哥哥往火坑里推吗?而且还不打招呼,人家可不见得好想好想跳火坑。

叶清寒轻声道:"你要不给我,我就不教你怎么搞定孟小天。"

游紫儿立马把七号号码牌给了叶清寒。

世界上每天都有好多条鱼被人钓上来,不差多钓这一条。

叶清寒如李莫愁般笑了。

张助教给叶清寒戴上眼罩,将叶清寒引到梁峰面前时,游紫儿分明看见是把灰太郎介绍给了喜羊羊。

可怜的峰峰哦……

孟小天拿着九号牌,与一位女生搭档,那女生比孟小天还粗壮,却娇滴滴地对孟小天说,"天哥,全靠你了!……"

看得游紫儿牙倒,羡慕却无奈。

不过,还好,她换来的五号牌恰好与江军搭档。

游紫儿戴上眼罩,握住了江军的手——江军哥哥的大手握得她好踏实,好温暖,有这样的手握着,走刀山都不怕。

Titus 在一旁狠狠煽情:"从戴上眼罩这一刻,你,就是一个盲人了。现在,在黑暗中,把你自己教给对方,完全交给对方!在生命的旅途上,一起出发吧!"

在江军哥哥的引领下,游紫儿果然一点都不怕,不但在黑暗的丛林中胜似闲庭信步,还抽空和江军聊天。

游紫儿:"江军哥哥,你帮我个忙吧。"

江军:"说……小心脚底下有块大石头,往左,来吧……说。"

游紫儿:"清寒给小天写了封信,让我给小天,我想,你和小天一个宿舍,关系又好,还是你给小天吧。"

江军:"好……抬腿,再高点儿。好的,那条,慢点……什么信呢?"

游紫儿:"大概是不让小天再追求她……江军哥哥,你可要找个合适的机会传信哦,千万不敢让小天觉得打击太大。"

江军:"我知道。"

游紫儿:"另外,说实话,我觉得清寒其实也不适合小天。小天要真想找女朋友,你可以帮着给他找找更适合的女生啊。"

江军:"这个我也知道。我已经反复向他推荐了,说紫儿其实最适合他!"

游紫儿笑得差点摔倒:"讨厌!你说我干吗?"

回来的路上,江军蒙着眼,游紫儿做引路人,可她还这么随意地聊,导致江军不慎跌坐在小溪里,全身湿了大半。

以致后来在黑暗中互相寻找搭档时,游紫儿不一会儿就找到了湿乎乎的江军。

但是,很奇怪的,在找到江军之前,游紫儿摸到过一双手,纤纤的,细细的,很适合弹钢琴。她毫不怀疑那是一双女孩的手,而且,感觉那个人她应该很熟悉,又绝不是叶清寒!

是谁呢?

正想着,就摸到江军那双全班最大的手,转眼把这事儿给忘了。

其实女性的直觉是最敏感,最准确的,很多年以后,她还记得在黑暗中那一触的感觉,她还说,其实当时我就该知道,是他。

不对,是她。

绝大多数人都找到搭档后,摘了眼罩,站在场外观看。

逐渐,场内只留下两个人在互相寻找了——叶清寒,梁峰!他们四处摸索着,好几次擦肩而过⋯⋯

旁边张助教还放着《牵手》的音乐,Titus 还在近乎疯狂地煽情演说,最终,叶清寒、梁峰找到了对方,两人激动地拥抱在一起!

游紫儿对着漫天飞扬的柳絮翻了翻眼睛:靠!太他妈的会搞了!

25 乱花渐欲迷人眼

午饭后,散漫的春风好像也吃饱了,吹得更起劲,柳絮简直像雪花一样铺天盖地。

江军说要和孟小天一起散步,两人沿着小青河走了半个多小时,看见河面上横了一座铁索桥,孟小天先奔上去了,踩着老旧的木板,晃晃悠悠走到桥心,心也随着晃悠——江军找我要说什么事儿呢?

江军随后上桥,跟到孟小天身边。

两人扶着齐腰的那条桥边铁索,俯瞰小青河,河床比度假村主景区那边宽了许多,小青河也显得清瘦了少许,但在阳光下依然活力四射。往远看,南岸是田野,北岸是蝴蝶谷村村民的聚居地,院落瓦舍高低散布,村后就是青翠高远的万松岭。杨柳则自由自在得处处都是。

江军掏出一个信封给孟小天:"给。"

孟小天接过来:"什么?"

江军:"叶清寒给你的信。答应我,无论信里写的是什么,你都别在意。"

孟小天想了想,没取出信,将信封折了,插进自己口袋,说:"一会儿再看吧,没事儿,挺得住。"

江军笑着拍拍孟小天的肩膀:"这就对了,这才像个爷们儿!"

其实,孟小天心里压根就没把叶清寒的信当回事儿,反而是春天的远山让她看得出神。

有一种好想去爬山的冲动!

正好有个大叔扛着锄头过桥,孟小天拦住问道:"大叔,爬到这个万松岭顶上要多长时间啊?"

大叔停住脚步回答:"我们上去也就四十分钟,你们嘛,一个多小时吧。"

孟小天指着万松岭一处陡峭的最高峰:"您是说上到那个山顶吗?"

大叔看了看:"那个啊,不是不是,就是上到这边这小山峰,那边还得沿着山脊走半个多小时呢,不过你们最好别去那个蝶不过。"

孟小天问道:"蝶什么?"

大叔:"叫蝶不过,那个峰的名字。"

江军:"为什么我们最好别去?"

大叔："那儿太危险了，摔死过好几个人，路又窄又陡，两边都是悬崖，我们都不怎么敢去，要下雨下雪什么的，根本没人敢上。"

孟小天："蝶不过，是说蝴蝶都飞不过去吗？"

大叔笑笑："可能吧，我也不知道，一直这么叫。"

江军问道："大叔，你们这里叫蝴蝶谷，是不是有很多蝴蝶呀？"

大叔："也没有吧，蝴蝶倒是有，也不比其他地方多。"

江军："那为什么叫蝴蝶谷呢？"

大叔："……蝶不过悬崖下边有个大山谷，蝴蝶谷就是那儿。和蝴蝶有没有关系，就不知道了，就是个名儿吧，叫了几百年了。"

孟小天："我猜，几百年前这儿蝴蝶一定多得不得了。哎，大叔，过了蝶不过那边还有什么呀？"

大叔："哦，那边倒是有个大草甸子，叫百花原，风景可好了，翻过蝶不过就是，有很多花。"

孟小天："是吧，我猜也有好风景，这就叫无限风光在险峰！"

大叔走了，孟小天兴奋道："江军，今天下午我们旷课吧！"

江军："旷课，去干吗？"

孟小天抬头，用下巴指指那座陡峰："蝶不过！"

江军："不去。"

孟小天："怕摔死？"

江军："我不想旷课。这两天上的课对我挺有启发的，我不想落课。"

孟小天有些失望地叹口气，一阵密麻麻的柳絮几乎是撞过来，孟小天差点迷了眼睛。她忽然想到：……哎，这是个好机会啊！

这个地方，这个时间，是个可以随便试探任何隐秘的绝佳机会！

刺眼的阳光加上晃荡的索桥，让人眩晕得如醉酒！

而水声，鸟鸣，尤其是迎面飞来的纷乱的柳絮之雪，足以遮掩所有的尴尬、羞涩和揣测的眼神……

开始诱敌吧！

孟小天："江军，你就不喜欢叶清寒啊？"

江军："一般般。"

孟小天："你他妈真会装，我就不信了，你不想上她？"

江军："没想过。"

孟小天："那你想上谁？"

江军："……没想过。"

孟小天："你还是不是男人啊？你不会是同性恋吧？"

江军："去你姥姥的，你才同性恋呢！"

显然是两个哥们儿在进行最为无话不谈的聊天了。

那个让孟小天每预想一遍就脸红一遍的问题，终于，毫不脸红地脱口而出——

"这么说吧，咱们班这么多女孩儿，如果让你随便挑，你最想挑谁？"

江军："我谁都不想挑！"

借着柳絮遮掩，孟小天索性豁出去了："鬼才信！真要那样，你就不冲动？见了女的你就不动心，就没一点反应？你就一点一点都不痒痒？"

江军："不痒痒！"

孟小天这下心里彻底踏实了，果然是我的梁兄，他真的不是好色之徒！

但她刚刚高兴了两秒钟，江军忽然笑了，接着刚才的话道："……是假的！"

不痒痒……是假的！

靠！

男人的心也太深了！

果然有问题！

孟小天轻咬牙关，乘胜追击："哼，是假的吧，我说呢！老实交代，你想选谁？叶清寒？"

江军:"和她?不想。"

孟小天绝对不给他任何回旋余地:"是游紫儿吧?"

江军:"她……也不想。"

孟小天将刺探的剑尖直逼江军的咽喉!

想躲?没门儿!

"那是谁?今天你要是不说,我就不把你当哥们儿!"

江军:"好吧,我说。我最想和她在一起的人是……"

江军犹豫了一下,但终于还是说出了答案,一个让孟小天崩溃到想死的答案!

"梅老师。"

26 雨夜迷踪

下午是黄老师的课，课前，梅老师照例要来给同学们说几句。

全班只有二十二个人，她当然很快就发现，有一个人没到——孟小天。

"江军！"梅老师直接走到与孟小天同宿舍的江军面前，问，"孟小天呢？"

江军："我不知道，午饭后，我们到铁索桥那边散步去了，我先回来的，他说他一会儿就回来，估计是在路上吧。我给他打个手机。"

当着老师同学的面，江军给孟小天打手机——关机了。

"一共只有七天课，还发生这种事情。"梅老师显然不悦，但也没再多说什么，"先上课吧。"

黄昏时分，游紫儿把江军拉到了小青河边。

游紫儿："小天呢？"

江军："不知道啊！"

游紫儿担忧道："是不是……那封信……"

正说着，叶清寒和梁峰肩并肩恋人般地散步经过。

叶清寒样子纯纯地歪歪头："紫儿，干吗呢？"

游紫儿："没事儿。你们……散步呢？"

梁峰腼腆但显然很幸福地笑笑："啊，散散步。"

两人过去了。

游紫儿在心里骂了梁峰一句：中招了还乐呢，傻鸟！

游紫儿回头继续担忧地问江军："会不会是那封信对他打击的太大了？"

江军回忆道："不会吧，他当时表现挺好的，说挺得住。"

游紫儿："说挺得住就挺得住啊？那是掩饰，心里肯定很痛苦！他看信时候表情是怎样的？"

江军："他当着我面没看，后来我们正聊着，他说时间差不多了，先让我回来，他说他要一个人看那封信！"

游紫儿："后来你就走了？"

江军："对啊！"

游紫儿急了："上午我跟你怎么说的，让你看住他，看住他！他可能会受不了的！"眼泪迅猛涌出——"他会不会从铁索桥上跳下去了呀？啊？"

江军笑道："不会的！你想什么呢？再说，就算跳下去也没事，小青河才多深，淹不死人！"

游紫儿："那也能摔坏的！你说你，叫你办个事儿，你！……"

游紫儿又给孟小天打手机——还是关机！

游紫儿跺脚道："急死人了，不会出什么事儿吧？你说，你们中午在一起还聊什么了？"

江军想了想："没聊什么啊！和平时一样，瞎扯呗！……哦对了！"

江军猛然想起一件事，顿时呆了，心中害怕起来！

"对了什么啊？"游紫儿忙问。

江军不敢告诉游紫儿："……没什么……你别担心，也许是家里有点什么事儿回家了吧？也许吃晚饭时候就回来了。"

结果，吃晚饭时候，孟小天没回来。
晚上的篝火讲座，孟小天还没回来！

梅老师急了，问游紫儿："孟小天呢？你不是他邻居吗？你一定有他家里电话，你现在就打电话！"

游紫儿从容道:"不用了梅老师,孟小天刚刚给我打电话了,他说他爸爸今天早晨四点多突然得脑溢血了,现在正在医院抢救,他说现在病情稳定一些了,如果好的话,他随时会回来。他让我向您请个假!"

梅老师犹疑道:"真的?他本人就不能给我来个电话吗?"

游紫儿:"他怕影响您上课!我对天发誓,我说的都是真的,骗人是小狗!"

梅老师这才放心上课。

没上够两个小时,下雨了。早有准备的张助教给大家每人发了伞,大家冒雨听梅老师总结完毕,提前下课。

游紫儿跟着江军回到星星阁,一进门就哭了:"江军……怎么办啊?下这么大雨,他能去哪儿呢?他不会出什么事儿吧?"

江军拍拍游紫儿肩膀:"不会的,那么大人了,能出什么事儿?也许真像你说的,家里有什么事儿回去了!"

游紫儿:"那也该给咱俩打个电话啊!"

江军:"也许忙呢,没空呢!也许咱俩说着话,他就进门了。这样,紫儿,你先回去,好好休息,什么都别想,如果小天回来,再晚,我也给你发个短信,通知你一声。如果没回来,明天上午,我们必须说实话,同时报警,一起去找他!"

听了这话,游紫儿更失魂了,但还是被江军撑伞送回了仙女堡。

返回星星阁,江军站在窗前——窗外的夜雨越下越大,如盆浇瓢泼!

一道猛烈的闪电照亮江军的双眼,眼中不只是担忧了,还有恐惧!……

雷声轰轰地冲击着他的心扉——不会吧?他不会吧?

江军又想起那件事儿来。

那件他不敢对游紫儿说的事儿来——

小天说要和他一起旷课。

去爬……

蝶不过!

27 我的眼泪为你飞

江军刚走,游紫儿就突然咚的一声,给叶清寒跪下来!

叶清寒正斜靠在床头发短信,着实给惊着了,居然,先是自卫性地护着自己叫了一声,才反应过来,慌张道:"你……你要干什么?"

游紫儿眼泪扑簌簌滚落,哀求道:"清寒,求求你,你救救小天吧!……"

叶清寒这才鞋也没穿地匆匆下床,搀扶游紫儿:"紫儿,你快起来!出……出什么事儿了?"

叶清寒将游紫儿扶到床边,又给游紫儿端来一杯水:"有事儿说事儿,我胆小!"

游紫儿流泪叫道:"清寒姐!"

叶清寒忙答应:"哎!有事儿跟姐说。小天他……怎么啦?对了……他爸爸得病了,是不是……老人家去世了?还是……我也不是医生呀……我……"

游紫儿:"清寒姐!你是医生!你是唯一一个能治好小天的医生!"

叶清寒茫然。

游紫儿:"他爸没病,是我瞎编的,怕他去玩儿,替他说谎的!可他这么晚还没回来,一定是出事儿了呀!都怪我……让你给他写那么绝情的信,小天的心可能都碎了,我怕他……我怕他想不开……都怪我,他要出事儿了,我就自杀谢罪!……呜呜呜呜……"

游紫儿害怕和难过得说不下去,泪水如河流决堤,把小圆脸冲了个乱七八糟,嗓子哽咽得随时会断气!

听着这样的哭诉,谁都会不忍心。

叶清寒也鼻子发酸,好言相劝:"不会的!不会出什么事儿!他和我之间没有什么,不至于伤心成那样,更不可能为我殉情什么的,你太多心了!"

游紫儿接着哭:"怎么不会?你那么漂亮,他……那么喜欢你……我算什么呀,非要横刀夺爱,我还用这么阴险的手段……我逼着你给他写信,伤害他!……我真卑鄙!我真不要脸!……"

游紫儿说着,伸手打自己的耳光!

叶清寒急忙死死攥住游紫儿的手:"紫儿你干什么呀?你才是真的对他好,你应该这样啊!我心里根本就不想理他的,我是个狐狸精,一个钓凯子的坏女人,我

才配不上他!……"

游紫儿:"可……他喜欢的是你呀!……清寒姐!求求你变成一个好女孩儿吧,接受他吧,对他好吧,爱他吧!……如果他还能回来的话……"

叶清寒为游紫儿落泪了,紧紧地将紫儿抱在怀中:"紫儿你太傻了!"

游紫儿抽搐着趴在叶清寒肩头:"清寒姐,答应我吧!不然我就跪在你的床边,永远不起来!爱小天吧,他最可爱了!……如果他回来的话……"

叶清寒只好道:"我答应你,如果需要我爱他,我就爱他。好吗?"

游紫儿说:"嗯……"

夜雨越下越大,游紫儿坐在床上,呆呆地望着窗外,时不时擦擦玻璃上的水雾,好看清窗外不远处星星阁的门,看孟小天是不是随时会回来。

星星阁的灯熄了,江军可能睡了吧?

他怎么不开着灯呀?哪怕开盏台灯也好,小天回来时,有个亮光。

叶清寒躺下了,也没睡着,对游紫儿道:"紫儿,睡吧。刚才我又想了想孟小天这个人,从第一天在报到处那里想起,想他的表现,想他对我的态度,我敢断定,就算他喜欢我,也是想玩玩我,绝对不会对我有什么真感情,甚至为我殉情。这事儿要是发生了,明天早晨的太阳就会从西边出来。"

游紫儿悠悠道:"清寒姐,你自己感情受过伤,不相信感情了,就怀疑别人也没有感情。你错了,小天是真心喜欢你,我感觉得到。你刚才答应我的事儿,不许反悔的!"

叶清寒无言,睡去。

不知道过了多久,游紫儿还这么凄凄楚楚地坐着,透过窗玻璃,透过密集喧嚣的雨帘,借着那些低低笨笨的路灯,凝望星星阁依稀的木门……

闪电冷冷滑过,白桦林外有遥远、沉闷的雷声传来,游紫儿心中默念——

小天,求求你不要出事,我会让清寒姐爱上你,给你幸福的!

回来吧,小天!……

28　手握闪电的男人

一把瑞士军刀。

一个大手电筒。

一个小塑料手电筒。

一个保温杯，杯中有热水。

一些感冒药、创伤药。

一把折叠伞。

一个可以将上述东西放进去的斜挎包。

江军从度假村商店购买、准备好上述东西后，背上挎包，打起另一把很大的蓝色折叠伞，沿小青河向东，很快就路过铁索桥，借着蝴蝶谷村村民居住地的零星灯光，找到上山的路，一头扎进夜雨中的万松岭。

西北面遥远的城市灯火弱弱地点亮了一片夜空，还好有那点微光，可以给万松岭勾勒处一个朦胧的轮廓来，但同时，也让这夜雨中的万松岭显得更高远、更恐怖，仿若邪恶的魔鬼的宫殿。

超强的手电光被黑暗无情地吞噬，仅有几米的可见度，光束里还灌满了急切的近乎在尖叫的雨束。

雨点狂暴地攻击伞顶，要撕开这唯一的遮挡，要击碎这伞下弱小的身影！

雷声无影无形地浸透过无穷尽的密林，在江军耳边低吟出最恶毒的诅咒，和最阴狠的威胁！

但江军毫无畏惧，他镇静地辨别着山路，大步地坚定攀登，仿佛在夜雨中登山是他经常做的一件事。

蜿蜒再蜿蜒，盘旋再盘旋，拐过危崖，穿过岩隙，绕过零星的孤坟，跌倒爬起四次，攀登六十五分钟之后，江军将万松岭上的一万颗松树全都留在了身后！

站在万松岭的一座峰上，江军只回眸了一眼山下，那零星的灯火全部被夜雨淹没，只有黑暗，无尽的黑暗……

但西北面那片天光还在，还可以隐约地照亮江军的目的地，那座矗立在无尽黑暗中的直刺夜空的陡峰——蝶不过！

江军毫不犹豫地沿着山脊向蝶不过方向迈去！

三十五分钟后,江军走到了蝶不过的脚下。

他,怕了!

他似乎听见自己的心脏在说话:"老大,我很不舒服哎,咱别上了,回去吧……"

江军气喘吁吁地仰视着蝶不过……

在蝶不过的脚下,所有的目光都只能仰视,因为,它陡峭得如同一位百战百胜的大将军极度高傲挺起的胸膛!

那是蝴蝶都不敢奢望飞过的胸膛!

那是乌云盘旋的地方,那是正电极的云和负电极的云厮杀的地方,那是闪电的制造所,那是猛雷诞生的子宫!

它最窄的一段宽不到一米,最宽的地方也绝不超过两米,而两侧都是深不见底的悬崖,直通地狱!

那如刀的尖峰上,仿佛刻着四个字,只刻着四个字——

谁敢上来!

江军真的怕了,但他的怕只持续了一分钟!

因为,他必须上去!

因为,他的兄弟说要上去,他就必须上去找他!

江军把那把小手电筒拿出来,点亮,咬在口中,将微弱得近乎可笑的光芒对着骄横无比的蝶不过,把大手电筒收进包中,把手中的伞也收了,折叠好,放在包中。

夜雨立刻如饿了很多天的狼一般,把江军的全身狠狠咬痛!

江军开始攀爬。

这是一段必须徒手攀爬的陡峰,是真正意义上的攀岩。

借着口中微乎其微的光,他迅速地在急雨中寻找着可以抓握的灌木、石块、岩缝。

尝试,握紧,探身,移步,踏牢……

一步,再一步……

他爬的速度要比他自己想象的都快——很快就爬到了一半。

因为,他的心中仿佛听见了好兄弟小天的呼救声!

小天,别怕!

我来了!

蝶不过高度只有不到一百米,爬行不会超过两百步。但它能让人丧命的危机却绝不少于两百处。

所以,每一个攀爬动作都必须快速但精心地设计!

江军左手上方有一块半嵌在土中——更准确地说,是泥中——的岩石,他试了试,无法断定一用力是否会让岩石从泥土中脱落。

犹豫间,又看见右手上方更远处有一棵很粗的灌木,根据前几十米的经验,他知道那棵灌木更有把握支撑他的生命。

因此,江军做出了这样的决定——左手去抓那块岩石,无论岩石是否脱落,都必须借助这一抓的托力向上探身半尺,用右手抓牢那棵灌木,否则的话……不,没有否则。

江军行动了,左手探向岩石,一用力,果然脱落,但探身半尺已经完成,他必须抓住那棵灌木!

必须!

但就在此时,一个极刺眼的东西突然从他右手上方以近乎没有速度的速度亮起,须臾间照亮了整个宇宙!

江军就抓住了那样东西——闪电!

闪电骤然熄灭,江军的手空了!

宇宙一闪之后又重新黑暗下来。

在超过人耳承受极限的爆炸声中,江军急速下滑……

29 青春撞过很多腰

从铁索桥返回，孟小天径直来到蝴蝶谷度假村的停车场，找了一辆出租车，打车回到城里。

一上车，她就关了手机，她不想听到任何人说话，任何人！

她绝望地瘫在汽车后座上，脑子里空空的，好像只有一句话，很无力、很脆弱、很无厘头的一句话——

英台姐姐，你玩我啊！

进了城，司机问她去哪里，她说，"不知道，你随便开吧。"

好像是想回家来着，但真回到城里，又不想回家了，怕爸爸妈妈追问。

司机小心地随便开了一会儿，忍不住道："小兄弟，心烦啊？想想有什么朋友在附近，我送你去。聊聊就好

了,别自己憋着。"

孟小天想想道:"带我找个网吧。"

网吧里,一伙年轻人在打 CS,孟小天加入进去。

不到半个小时,所有战斗成员都惊呼:"这哥们儿打得太神了!"

那伙人的老大还来邀请孟小天加入他们的组织,下个月和别的队打比赛。

孟小天头也没回地说:"不去!"

她知道自己本来玩得不行,但俗话说得好,愤怒出高手。

她看见每一个从墙角里一闪而出的匪徒都像江军,所以瞄得特别准,枪枪爆头!

这下爽了,经过 PSG 潜伏计划的精心摸底,她终于得知自己最喜欢的一个男生,心目中的纯洁梁兄,果然不是好色之徒。

他是一个超级变态的色魔!

居然想干老师!

我杀!……

打饿了,孟小天离开网吧,一出门才发现,整个城市已笼罩在夜雨中。

去哪里呢?

她打开手机,给妙姐打了个电话,说有事找她。

妙姐觉得她声音不对劲儿,就说:"那你来我家吧,我老公出差了,没人,咱俩好好聊聊。"

孟小天又关了手机,打车到了妙姐家。

妙姐给孟小天煮了两包方便面,吃饱了,孟小天才开始抹眼泪。

妙姐递了纸巾给她,自己去收拾碗筷,返回到客厅才问孟小天:"怎么了,小天?你怎么打扮成个男孩子样啊?一开门还把我吓了一跳。"

妙姐是小天在网上打斗地主时认识的,出国留过学,嫁了个薪资很高的白领。孟小天印象中,妙姐什么都不做,就是在家打斗地主。

MSN里,孟小天和妙姐聊得最投机,什么事儿都跟她说,包括易少南的事儿,还是妙姐的宽慰,才让孟小天走出抑郁。

而今,更新更猛的抑郁来了,孟小天花了一个多小时,才把她和江军的故事讲完,结束句是:"我真服了,世界上还真有这样的变态!我他妈的差点就爱上这个变态!"

妙姐却笑了:"那你来我这里还真来对了。你知道我

是干什么的吗？"

你干什么？除了斗地主你还会干什么？——孟小天心想。

妙姐："除了斗地主，我还有一份工作，兼职在一个杂志社回答问题，专栏名字叫妙答。"

孟小天确实不知道："你好像没说起过吧？"

妙姐："我说过，你忘了。"

妙姐打开自己的电脑，上网，开了Email，叫孟小天过去："你看这些读者来信。"

"这个——妙姐，我男朋友做爱的时候，非要我装出被强奸的样子，一次两次也就算了，次次都这样，我快疯了，救救我吧。"

"还有这个——妙姐，我是一个二十一岁的男生，我想问的问题是，为什么我会觉得手淫比做爱舒服呢？"

"妙姐，我最近喜欢上一个男孩，他特别帅，我特别喜欢和他在一起，还在想象里和他拥抱，你看我该怎么办啊？"

孟小天插话："就这个还好点儿。"

妙姐："别着急啊，你看落款：一个男孩儿。"

"靠！"孟小天吃惊非小，"你是这些变态狂的知心姐姐？"

妙姐："不能简单说他们是变态，这是他们的问题。"

孟小天："都是这些变态的问题吗？"

妙姐："也有在你眼中比较正常的，比如这个——我老公的男朋友喜欢上我了，想和我单独约会，我也有点喜欢他，我该怎么办呢？附注，我老公经常打我。"

"这个——我有一个从小玩到大的好朋友，最近，我们俩为了一个女孩子打起来了，我觉得真不值。我知道，如果我退出竞争，我就还能得到他的友谊，可那个女孩子我也舍不得，我该怎么办？"

"还有很多。"

妙姐将孟小天拉回到沙发上："我的意思是这个世界上有很多人，有各种各样的问题，实际上每个人都有。你只是碰到一个男孩子，他有他的问题。"

孟小天："这是一般的问题吗？想干老师，还不变态吗？还不色魔啊？"

妙姐笑道："那是你逼人家说出来的，青春期的男孩子，怎么可能没有一点性的冲动呢？也许他有一点点恋母情结，也许仅仅是觉得那位老师很性感，凭我的经验，他只是一时的念头而已，绝对不会当真去想，更别说去行动。就比如，有个朋友让你很烦，你可能会想打她一耳光，但你只是想了想，脑子里一闪念，这不代表你就会打她。仅此而已。"

孟小天："就这么简单？"

妙姐："就这么简单。也许下次你们聊这个话题的时候，他自己都忘记了。这个男孩的其他方面我不能替你

判断，但你不能因此就说他是变态。如果这样的话，你也是变态。"

孟小天："我？靠……我怎么会……"

妙姐："如果刘德华和周星驰都哭着喊着要做你男朋友，你要谁？"

刘德华！——孟小天脑子里闪过这三个字。

妙姐仿佛能看透别人的心："好，你想了，是刘德华。你想做刘德华的女朋友，刘德华快五十岁了，你才二十出头。如果江军想了一下和大他十岁的女老师做朋友就算变态，你不觉得，你也很变态吗？"

孟小天："我……"

"还有，"妙姐以洞悉一切的温和目光看着她，"其实两个人，再好，再亲近，也要给对方留一些空间，留一些胡思乱想的空间。因为，我们每个人都可能胡思乱想一下，为什么非要点破所有的胡思乱想呢？了解是必要的，但了解得没有余地反而不好，水至清则无鱼。你的问题我回答完了。"

孟小天傻傻地坐在沙发上，很快的，她就有点理解江军了，是啊，是我逼着人家非要说，必须说！人家说了自己可能随便一想的一件事儿，我就……

妙姐给孟小天倒了一杯牛奶："不早了，喝了它，在我这里睡，明天早起，我送你回学校去。你的 PSG 潜伏计划还是很成功的，继续吧。"

窗外掠过滚滚雷声,孟小天这才想起,自己应该给江军打个手机,但已经十二点多了,估计江军早睡了,算了吧。

妙姐将孟小天带进客卧,离开前,孟小天问了最后一个问题:"妙姐,你怎么知道这么多呢?"

妙姐露出这个世界上最甜蜜的笑容:"因为我和我老公很幸福啊。每个幸福的女人都能回答这些问题。"

躺在床上,听着雨声淅淅沥沥,孟小天忽然觉得那么不对劲儿。

哦,以为他很浪漫呢,喜欢他,原来一点也不浪漫,也喜欢他。

以为他很憨厚呢,喜欢他,原来也会撒谎不眨眼,还喜欢他。

以为他清纯得不得了,喜欢他,原来居然想跟老师做朋友,依然……喜欢他。

那我还潜伏什么?

调查个毛线啊!

想着想着,睡着了……

半夜里,孟小天被一阵特别巨大的雷声惊醒了,心头一凛,不知怎么,突然地不安起来……

30 山谷里的眼睛

"谢谢!"

江军抬头看了一眼黑压压、湿漉漉的苍穹,心中低低地道了句谢。

下滑十多米后,江军慌乱间抓住了斜插在蝶不过侧面的一棵小树,两条腿已经荡到空中!

小手电筒也飞出口外,倏忽一下被夜雨吸走……

重新攀回到陡峰主线上,江军将头深埋在一蓬乱草里,稳定了好几分钟,才擦擦满脸的雨水,抬起头来——眼睛大约已经适应了在黑暗中分辨朦胧的影像,没有手电照亮,也可以看到一米多的距离。

江军重新向上爬去。

暴雨被江军的侥幸逃脱所激怒,更加狂乱地痛扁这个敢挑战险境的男人。

历险后的江军则更加胆壮,毫无畏惧地逆雨而上!

上!

再上!

爬过了最末端也最为惊心动魄的几米,江军终于将手搭在蝶不过伸向苍穹的最后一块岩石上……

小天,我来了!

翻过蝶不过,陡峰的背面坡度立刻缓和下来,也逐渐加宽,江军再次拿出大手电筒,撑起伞,从容了许多。

下了蝶不过背面的坡,手电光圈来回探照一番,江军发现这是一片草原——不,是草甸,他想起来了,这就是那个大叔说的百花原草甸。

如果孟小天来了,他就一定在这里,下雨被困,不敢下山——

如果在雨中上蝶不过算是冒险的话,在雨中下蝶不过就是自杀!

江军一边搜索,一边对着不同的方向呼唤——

"小天!孟小天!我是江军!……小天你在吗?……小天!……"

没有几分钟,穿越雨幕的洪亮嗓音就变得嘶哑。

江军慢慢走,来回看,感觉出自己周围不仅有雨水,还有……气体。

他分明是走在乌云里了,那些气体就在他的手边、身旁凝结成雨珠滴落……

可能觉得已经没有什么能征服这个男人,雨,竟渐渐停了下来,那些黑丝般神秘的气体也渐渐飘散,西北面的天光将百花原淡淡地照亮……

江军收了伞,停下脚步,同时也断定——

孟小天不在这里。

来来回回地走了几番,江军弄清楚,所谓百花原就是一个直径几百米的大圆盘形状的草甸,圆盘外都是悬崖,有几处貌似有缓坡往下延伸,但没伸几米,缓坡就忽然不见了——显然,缓坡外还是悬崖!

他明白了,为什么必须走蝶不过才能到百花原。这里的山形如一把圆椅,百花原是座儿,蝶不过是那条窄窄的椅背。

他妈的,他会不会根本就没来?

江军忽然这样想。

但另一个想法立刻将这个想法赶跑,让他重新紧张起来——他会不会在上或者下蝶不过的过程中……掉下去了?

那……人就完了!

一定就完了吗?

也许小天只是受伤,只是昏迷!

如果那样……

不行,我要赶紧到下面的蝴蝶谷去!

江军重新爬上蝶不过,再回首看一眼刚被夜雨冲刷过的百花原,确定没有孟小天,就俯身从蝶不过的陡坡一侧往下爬。

上山容易下山难。但刚才有雨,现在没雨,刚才不熟悉,现在已经比较熟悉,刚才漆黑一片,现在已经可以勉强看清山色山貌,江军心里也就不怎么害怕。

江军顺利下了蝶不过,找了条路下山,凌晨三点三刻,来到了蝶不过的悬崖下边——蝴蝶谷。

谷底幽深弯曲,乱石遍地,许多地方野草茂密,多半过膝,江军要更细地搜索——怕小天倒在草丛中。

"小天!……孟小天!……"

手电光在谷里来回地晃,惊起不少飞鸟,脚下有小动物"倏"的一下穿过。

找了大约半小时之后,江军的手电光滑偶然过一段贴近谷底的岩壁——滑过之后,江军心中不由"咯噔"一下,冷汗顷刻渗透额角,刚才,那滑过的光中,有一双眼睛!

一双野兽的眼睛!

是野狼?是山豹?

江军急忙从包里取出瑞士军刀,打开最长的一把利刃——也只有五寸长,紧紧握在手中。

然后,一边不自觉地向后倒退,一边把手电光小心地按刚才的线路移回……

31　大雨洗过女儿心

早晨五点半，天已经亮了，雨后的白桦林静谧清冷。

隔着玻璃窗，远远的，游紫儿看见一个人影进了白桦林，向星星阁走来。

是小天吗？

咦？怎么是江军？

原来他一晚上没在啊，他去找小天了？还是和小天在一起？

江军开门进星星阁去了。

游紫儿连忙下床穿鞋，也不顾被惊醒的叶清寒问了句什么，就冲了出去！

游紫儿几步跑到星星阁前，推门就进——

尴尬！江军正在换衣服！

游紫儿只好出来,将门关好,但还是隔着门问:"找到小天了吗?"

传来江军的声音:"没有……等一下……好了,进来吧!"

游紫儿二次推门进去,江军已将湿透的衣服扔在脸盆里,换了一身干净衣服,正用毛巾擦头上的水。

游紫儿:"那你去哪儿了?"

江军坐下来,想起什么,打开挎包,拿出保温杯,开了盖——

杯中水满满的一口没动,还温着……

江军把一杯水咕嘟咕嘟全喝下,才道:"上了趟山。"

游紫儿讶异:"上山?昨晚下那么大雨你上山,他怎么会在山上呢?"

江军:"他昨天说他要上山,还叫我一起去。我以为他一个人去了。"

游紫儿急了:"你也不想想,他看了那封信,还有心情上山?"

江军:"你怎么知道我回来?"

游紫儿:"我一晚上没睡,在窗边看这边呢,没看见小天,倒看见你了。我还以为你睡了。现在怎么办?"

江军起身:"走,跟我去找梅老师,说明实际情况,然后报警。"

游紫儿又害怕地要哭:"小天不会有真什么事儿吧?"

江军正要开门,门被推开——

孟小天走进来了!

"小天!"游紫儿惊喜地叫道,"你没事儿啊!"

孟小天好像刚晨跑了一圈回来,"没事儿啊,你们这么早在这儿干吗?"

游紫儿叫道:"我们担心死了!以为你出什么事儿了,都怪我,我……"

江军打断游紫儿,问孟小天:"从昨天下午两点到现在,你去哪儿了?"

孟小天:"……没什么啊,好久没上网了,我偷偷回城里上网去了,先是打CS,后来又在网上聊天,一直聊到快天亮,一个朋友开车送我回来的。我没什么事儿,你们瞎担心什么呀!"

江军狠狠地盯着孟小天,把孟小天盯得不知所措。

孟小天正要说什么,江军忽然大声骂道:"孟小天,你个狗娘养的,你给老子去死!"

孟小天被骂愣了,游紫儿反骂江军:"江军你疯了?你他妈的咋咋呼呼地骂谁呢你?找抽啊!"

江军眼都红了,不理游紫儿,继续死死盯着孟小天,

气愤不已:"你个王八蛋,你他妈的去玩儿,你倒是跟老子说一声儿啊!你关个屁机啊!你跟我说的是什么?你说你要去爬蝶不过!老子为了找你差点掉下来摔死!差点让野兽吃了!真他妈的不是东西……老子没有你这个朋友!"

江军摔门而去!

昨晚那惊醒孟小天的雷声仿佛再次响起,她的眼眶霎时湿润了,悔恨、感激、感动涌上心头,但最明显的感觉却是——后怕!

蝶不过!

那座摔死过人的陡峰!

那座当地村民都不敢上的陡峰!

昨晚,夜雨中,江军,去了蝶不过,为了找……我?

孟小天怔怔地坐到床上。

游紫儿过来安慰道:"别答理这个神经病!我都说了你绝不会上山,是他自己白痴,还反过来骂别人,哪有'酱子'的?"

孟小天发着呆,听见自己的声音在说:"没事儿,确实怪我,怎么着也该给你们打个电话。"

游紫儿柔声道:"你的心情我理解,在那种情况下,怎么会有心情和别人说话?小天,对不起,我和你说实话吧，那封信是我逼叶清寒写的，不是她的真心话，你千万别为那封信伤心了，好吗？"

一封信？

孟小天一边听游紫儿说，一边努力回忆……哦，那封信！

孟小天摸了摸口袋，还在——她压根儿就没看！

游紫儿含泪哭诉道："小天，都怪我太自私了，我不该因为自己喜欢你，就不让你喜欢别人。我错了，你别伤心了，我都和叶清寒说好了，让她喜欢你……你别难过了……"

孟小天听不下去了，不禁用双手捂住脸！

我怎么这么……自私呢？

过了一会儿，孟小天将手移开，看着游紫儿，努力微笑道："紫儿，你听好，你比叶清寒可爱十万倍，漂亮十万倍，如果让我在你们两个中选择一个人来爱，我只会选择你，如果老天爷非逼着我选择她，我就死。这是我的真心话，所以，你千万不要以为那封信会让我难过。但是，我也不能和你在一起，为什么呢？原因很简单，但必须过段时间，我才能告诉你。"

虽然最后的结论是"我也不能和你在一起"，但这段话的前半部分已经足以让游紫儿转忧为喜了，她立即毫

不遮掩地将嘴角一弯,含泪笑起来。

游紫儿:"我等你告诉我。但我现在告诉你,不管你说的是什么原因,哪个原因都不能阻挡我……爱你……"

最后两个字是低下头、红着脸、小声说的,说完她转身跑掉了。

孟小天苦笑一下。

十秒钟后,游紫儿又跑进来:"对了,我跟梅老师说是你爸得脑溢血住院了,你让我代你请假,说病情稳定一点就回来。别穿帮哦!"

说完又跑掉。

孟小天独自坐着,想想昨夜,想想大雨,想想江军,想想蝶不过,忽然间流下泪来——如果,昨晚,他真的从上面掉下来……

我……

英台姐姐!谢谢你!

有阳光透进树林里来,孟小天的心情逐渐好转,经过这样的一个大雨之夜,她明白了好多事情——

游紫儿的事情一定要解决好,她是个可爱又善良的女孩儿,绝不能伤害她!

江军是值得我真心爱的。

虽然他和我梦想的那个梁兄不一样——他不是偶像剧里十全十美的王子，只是一个农村来的平凡的大学毕业生。

他没有浪漫的追求，所谓的理想简直非常世俗。

他很憨厚，但还会在憨厚里藏狡诈。

他脑子里甚至会有变态的肮脏的念头。

他还会像地痞坏蛋一样狠狠骂人。

在大巴车窗外，他以最完美的形象出场；在星星阁，他却一点点暴露出那么多不完美。

但他就是我的梁兄！

属于我孟小天的梁兄！

因为，他可以为了我，不顾生命的危险！

他可以为了我，在最狂暴的雨夜去攀登世上最危险的陡峰！

够了！

这就足够了！

其他什么都没关系！

而我，现在还只是他的一个相处了几天的朋友。

如果，我变成他的她呢？

……

潜伏计划可以结束了！

其他任何的调查都纯属多余!

阳光透进星星阁得更多,孟小天脸上流露出一点点灿烂的笑来,但只有一点点,因为她还有最后一件事情没解决。

其实这件事情才是最重要的——

你喜欢人家,但人家如果知道了你是女孩子,会不会也喜欢你呢?

32　小苍蝇的单恋

上午下课后，孟小天专程去找梅老师做了检讨，才赶到农家食堂。

食堂里，江军和几个男同学同桌吃饭，聊着上午做的训练，看都没看孟小天一眼。

孟小天打了饭，又注意到游紫儿和叶清寒坐在一起，聊着什么。

游紫儿见孟小天看她，害着地摆摆手。孟小天笑着点点头，想过去，又怕与游紫儿接触更多，让她陷得更深，就独自找了个角落，坐下来吃饭。

边吃边想：要怎么做，才能让江军知道我是女孩子后，喜欢我呢？

我可不要他一辈子都把我当兄弟！

张助教忽然进食堂来，走到孟小天身边道："小天，有人找你。"

"谁啊?"孟小天问。

张助教:"不认识,一个男孩儿,瘦瘦的,很阳光。"

哦,哥哥!说了不让他来看我,还是来了,讨厌!

孟小天:"他在哪儿?"

张助教:"他说在桥上等你。"

孟小天匆匆吃了饭,奔小木桥而去。

沿小青河走到木桥,却看不到哥哥……

倒是有一个男生站在桥上,穿着浅色西装。

是他?不认识啊!

而且也没有哥哥瘦,更没有哥哥阳光。

孟小天走上桥,发现那男孩正看着她,知道这就是找她的人了。

孟小天走近道:"你找我?"

男孩儿的小眼睛一眯,微笑地说:"对。"

孟小天疑惑道:"你是谁啊?有事儿吗?"

男孩儿:"我是李沧。"

孟小天:"你认识我?"

男孩儿有些伤感地:"当然。你也认识我。我的外号是小苍蝇。"

小苍蝇?……

五秒钟后,孟小天笑了:"小苍蝇!初一的同学是吧，后来转走了！哎，你脸上的……"

她记起李沧脸颊上有个很像苍蝇的黑痣，才得了这个外号。现在这个黑痣却没了。

李沧淡淡道："做掉了。"

孟小天："哦，怪不得认不出来了，帅多了，真敞亮！你怎么想起我来了？来这儿旅游啊？"

李沧微笑道："十年前的今天，我离开咱们班的，离开前我跟你说，十年后，我会回来找你的。现在，十年过去了。"

孟小天收起笑容，因为，刹那间，她想起那件叫她笑不出来的往事……

来自外地农村的穷小子小苍蝇又黑又瘦，说着蹩脚的方言，班里没有同学看得起他。

这一天，他却大着胆子，给班里最活泼最漂亮的女生孟小天写了一封情书。

孟小天都觉得可笑，忍不住让一个好朋友看了，好朋友又告诉了一个坏坏的男生，坏男生偷了这封情书，第二天贴在了教学楼一层大厅的黑板报上。

无数学生围着看，有人还大声念给后边看不清的人："……我爱你！长大后，我要娶你做老婆！你的美丽让我魂不守家……"学生们一片哄笑。

后来情书被老师撕下来，李沧和坏男生都被批评。

接下来几天,李沧常常遭到其他同学的讥笑,离老远就喊:"魂不守家……"

一周后,李沧转学走了,走以前确实找孟小天说了一些话,但说的是什么,孟小天早忘了。

李沧没忘。

当年的小苍蝇继续文质彬彬地提醒孟小天:"今天来,我就是告诉你,这十年,我还是为你魂不守家,还是很爱你,还是……想娶你。"

孟小天感觉到李沧声音里含着微微的颤抖,那颤抖竟让她有些害怕。

但表面上,孟小天很潇洒:"哎呀小苍蝇!那都是小时候的事儿,还记着呢?你不是真当回事儿吧?别逗我啊!"

李沧的眼神让孟小天说不下去了。那眼神已经告诉她——他说的是真的。

孟小天眼珠转转,道:"你看我这个样子,有什么好啊,怎么可能美丽得让别人魂不守家呢?你是一时看走眼了,现在醒悟也不晚。"

李沧依然保持着恬淡的却蕴藏着无尽力量的微笑:"你比十年前还美丽。"

孟小天望望桥下的小青河,叹口气,又看看坚持了十年的这个人,只好坦率道:"不可能。我不喜欢你,十年前不喜欢，现在也不喜欢。如果你愿意，我认你这个老同学，把你当朋友。其他的，不可能。我要上课去了，再见！"

孟小天本以为李沧一定还会说什么，没承想，他只说了两个字："再见。"

孟小天转身要下桥，又忍不住回头问："你怎么知道我在这里的？"

李沧依然微笑："你在哪里我都知道。过去知道，现在知道，以后也会知道。"

这话怎么听着有点别扭？

孟小天冷笑道："你要敢纠缠我，我就把你魂不守家的故事贴到网上，让全世界人都嘲笑你。还有，不许把我是个女孩儿告诉这里的人！"

说完，走了。

但她分明感觉到背后那微笑的目光还在凝望着她，笼罩着她……

33　好的，而且……

晚上讨论课前，独坐在小青河边的孟小天收到了一条短信——

我是李沧。我不会纠缠你的，只想重新认识你，如果有机会，我希望追求你，如果没机会，也很高兴能和你做普通朋友。

嗯，这还像话。
孟小天回复——
呵呵，做普通朋友没问题！

然后，很快把这事儿给忘了。人际关系训练营到后天就结束，她和江军只能"同居"两夜了，她一定要做一些事，确保江军知道她是女孩儿身份后，还能喜欢她。

怎么做呢?她很用心地想。

首先要找个机会化解江军的怒气。

这个还好说,那愤怒其实还是朋友间的。

再有,今晚一定要表现得好一点,可爱一点,还要女性一点,怎么女性一点呢?

靠,男性了这么几天,都忘了女性该怎么样了……

正想着,有同学叫她:"小天,该上课了!"

篝火旁,梅老师讲人与人交流的一些原则,还讲了一个技巧,与人交流时尽量不说"好的,但是……",而要说"好的,而且……",可以把谈话引向不同的结果,并让大家做练习。

梅老师点到了江军和孟小天,"你们两个来练一下,随便说什么都可以,但第一组练习一定要尽量多说——好的,但是……"

江军不大情愿地看了看梅老师,但也只好起身,和孟小天面对面站好。

孟小天注意到,江军的眼神仅仅是一个学生看老师的眼神,绝没有其他意思——看来妙姐说得对,那只是偶然的念头!

机会来了,我一定要逗笑他!

梅老师:"开始吧。"

孟小天看着江军:"我错了,你能原谅我吗?"

江军不看孟小天:"不能。"

梅老师:"停。你只能说'好的,但是……'。重来。"

孟小天:"我错了,你能原谅我吗?"

江军想了想,只好看着孟小天:"……好的,但是我必须狠狠揍你一顿。"

孟小天:"好的,但是只揍屁股行吗?"

全班同学大笑,江军似乎也苦笑了一下。

梅老师:"继续。"

江军:"好的,但是我还是觉得你太过分了!"

孟小天:"好的,但是……我也有我自己的苦衷啊,我没想那么多!"

江军:"好的,但是你应该想到起码给我打个电话呀!"

孟小天:"好的,但是我想到的时候已经太晚了,我怕打扰你!"

江军明显不悦了:"好的,但是你就不怕……"

"停!"梅老师道,"这就是'好的,但是……'的结果,形成了争论。你们再做一组练习,这次换成说

'好的，而且……'。开始吧，从头说。"

孟小天："我错了，你能原谅我吗？"

江军："好的，而且……而且……而且我还会赏给你一份礼物，狠狠揍你一顿！"

孟小天："好的，而且……你想怎么揍都可以，我都接受！"

江军："好的，而且……揍完了我都不解恨，还得骂！"

孟小天："好的，而且我能理解你，你打得对，骂得对！都是我的错，我心里特别后悔，也特别难过，我真的不想因为这个影响我们的友谊，你别再生气了！"

江军："好的，而且……而且……"说不下去了，看看梅老师。

梅老师："必须说，继续。孟小天同学，请重复刚才的话。"

孟小天真诚地望着江军，重复道："好的，而且我能理解你，你打得对，骂得对！都是我的错，我心里特别后悔，也特别难过，我真的不想因为这个影响我们的友谊，你别再生气了！"

江军望着孟小天火光里闪动的明眸，不由道："好的……而且……而且……而且，我……也不打你了。"

孟小天眼睛湿了，微笑道："好的，而且，谢谢你。"

篝火边,全班同学鸦雀无声,静静地领略着语言的神奇力量。

江军终于张开手臂,做了个拥抱的动作:"好的,而且,我们和好吧!"

孟小天走上前,两人拥抱在一起。

梅老师和全班同学都鼓起掌来,游紫儿兴奋道:"太神了!"

夜风徐徐,篝火暖暖。

江军的怀抱里,孟小天真想搂得更紧一点,但她没有,她知道这只是一个朋友的拥抱,现在,她,还是一个男孩子!

但,她很快就会变回一个女孩子了!

到那时再拥抱,她一定会抱得很紧很紧,还要给他最深情的……

吻!

34 星星阁的最后一夜

江军回到星星阁的时候,孟小天正在洗衣服,洗他早晨扔在脸盆里的衣服。

这就是孟小天想到的女性化的可爱表现。

孟小天从未手洗过任何衣服,但电视剧里演过,她也依葫芦画瓢地揉搓,还加以变化地敲敲打打,抖抖提提,貌似经常洗衣服的样子。

果然江军有些没想到:"干什么?你?"

孟小天揉得更带劲儿了:"你的衣服为我弄脏的,我洗洗。"

她本以为江军会客气地说"我来我来",未曾想江军把刚脱下的臭袜子也一块扔过来,"好的,而且,把这个也一块洗了吧。"

如果真的有一天嫁给江军，真的做了他老婆，真的在郊区买了房，真的在树下洗衣服，江军把袜子丢过来，她一定丢回去，"去你的，自己洗！"

但现在，她比喜羊羊还乖，"好，我来！"

江军脱了上衣，开了电视，半躺在床上，悠闲地看。

孟小天边洗边道："上衣都刮破了，我要是女的就好了，可以给你补补。"

江军被电视吸引了，只是嗯了一声。

是个孟小天最受不了的弱智综艺节目，但她似乎已经习惯了喜欢上江军喜欢的一切，也跟着看，跟着傻笑。

但这注定要被一生回忆的夜晚，也不能只看这个吧？

孟小天换了话题："你真的差点摔下来啊？"

"不是差点摔下来，是差点摔死！"江军回应，"太悬了，就在上那个蝶不过上了一半的时候……"

江军把当时的情况讲了一遍，最后总结道，"要是没抓住那棵树，你再也见不到我了！摔下去，准死，太高了！"

孟小天听得心惊，洗衣服也洗得更认真，甚至问："你还有没有其他什么要洗的？"

江军："没了。"

孟小天又问："那野兽呢？在蝶不过还遇上了野兽？"

江军："没有，那是在蝴蝶谷。我翻过蝶不过在那个大草甸子，就是大叔说的那个百花原找了一遍，没看见你，我就想你不会是掉下去了吧，就翻下来，到山底下的蝴蝶谷找你去了！"

孟小天怔怔地想象了一下：那是怎样危险的一夜啊……

又鼻子酸酸地问："你不是说掉下去准死吗？还到下边找我干吗？你傻呀！"

江军："我当时想总有个万一吧，万一被哪棵小树挂了一下呢，万一你还有气儿呢，我还带着药和水呢。"

孟小天低头使劲揉搓衣服，把泪水生生憋回去，才接着问道，"你碰到什么动物了？差点把你吃了啊？"

江军看看孟小天，有些不好意思地笑了："这个……这个我夸张了，我早上说的时候太气愤，忍不住说悬乎了。其实没什么，它一看见我拿手电晃它，就跑了。"

孟小天："什么动物？"

江军："猪。"

孟小天觉得奇怪："大半夜在野山谷能碰上猪？……哦，流浪猪！"

江军大笑："哈哈哈哈……什么呀！野猪！那要攻击起人来，也不见得人就能赢！我当时都把瑞士军刀打开了，准备和它搏斗呢，没想到它比我还胆小，跑了。"

过了会儿，孟小天又问："那个百花原很美吧？是不是有很多鲜花？"

江军:"好像有吧,黑天半夜,又下着雨,没怎么注意。"

孟小天:"有空了,你带我去一趟!上蝶不过,去百花原,你还敢去吗?"

"我当然敢!"江军道,"其实没那么危险,关键是下雨滑,哪儿都滑,再加上天黑看不清,我才脱手抓空了,要是大白天不下雨,一点问题没有。我小时候常爬山,危险的地方也去过,没事儿。你嘛……我带着你没问题,你一个人最好别上去,毕竟有危险。再说别故意找刺激。"

洗完衣服,孟小天去洗澡,依旧穿着她宽大的睡衣出来,坐在自己床上,和江军一起看电视。

看着看着,江军忽然道:"你能把睡衣脱了吗?"

啊?

怎么突然来了这么一句?

难道他知道了我是女孩儿?还是……

孟小天做出特别纳闷的样子:"干吗?"又不由自主地补了一句,"我有皮肤病。"

江军用拳头支起脑袋,侧身看着孟小天,也不知道是认真说还是开玩笑:"我知道,你就脱一下,脱一下就穿上。我就想看看,你究竟是男的还是女的?你长得怎么这么像个女的呢?"

孟小天僵住，一时说不出话来，在江军的视线里，迅猛考虑。

江军只是怀疑。

如果我再扯皮肤病那些，会加重他的怀疑。

要么，索性大着胆子，做一个脱的动作，嘴上骂骂咧咧，极有可能让他说"算了算了，你还真脱呀"……

不对，这不是画蛇添足吗？

如果我真是一个男孩，他说这话，我还真脱给他验身啊，怎么可能呢？

想明白了！

关键时候，孟小天还是很能沉得住气。她将这段不知所措的无语逐渐演变为一种生气的沉默，最后用一个字了结了江军的问题——

"滚！"

江军果然不在乎地笑了。

孟小天补充道，"我他妈最烦别人说我像女的！老子是纯爷们儿！"

江军："好好好，不说了不说了。"

二人接着看综艺节目，对主持人和嘉宾的表现评头论足。孟小天发现，要看进去了，这综艺节目还真好看。

各自睡下后，孟小天望着窗外树叶缝隙里一颗忽明忽暗的星，美美地遐想着一件事。

……潜伏计划已经基本结束了，迟早，要让他知道我是个女孩儿，那一刻来临的时候，我怎么说呢？

不对，不能说，要直接展示在他面前，先把他吓一跳，然后再……嘻嘻。

参考一下那几位姐姐是怎么做的——

花木兰解甲归田后，是"当窗理云鬓，对镜贴花黄"，打扮得漂漂亮亮后才出来见自己部队里的兄弟，把他们一个个惊得目瞪口呆！

祝英台是先对梁山伯说我有个表妹长得和我一样漂亮，把这个压根儿没有的表妹先许给梁兄了，等梁山伯到祝家一看——靠，这个表妹就是英台！

黄蓉是在变回少女模样后，划了一叶扁舟出来，美得像小仙女，对郭靖说："靖哥哥，上船来吧！"郭靖猛吃一惊——"你……你……"

类似的情节即将在我孟小天身上上演，到时候，我可一定要好好看看这个现实版郭靖怎么猛吃一惊，怎么"你……你……"

哈哈，太好玩了！

想着想着，居然忍不住咻咻笑了两声。

引来那边床上江军的一句问："想什么美事儿呢？说

说。"

孟小天:"……想着玩儿呢,睡吧。"

有风吹的小木屋发出嘎吱嘎吱的声音,很远处有隐约的猫叫传来。

孟小天不看江军,但感受着近在三米的江军,接着想——

把自己打扮的漂漂亮亮后,我怎么出现呢?

也划船?没创意。

骑着马出现?不美吧……

开着我的宝马?太显摆了……

西施一样在河边洗东西?太传统了……

穿着用料最少的性感内衣躺他被窝里,等他掀开?太……

迷迷糊糊地,孟小天睡了,半梦半醒中,她对自己说:又一个美丽的夜晚过去了,明晚,就是星星阁的最后一夜了,我还要做些什么特别的设计,好给未来留下永远美好的回忆呢?

此时的她还不知道,其实,今晚,就已经是星星阁的最后一夜了。

最后一夜。

35 天地之吻

人际关系训练营第六天上午。

下课前,梅老师安排了最后的日程——

当天下午,自由活动。

晚上,是所有老师都参加的一堂联合讲座。

次日上午,公司总部安排的美国培训大师做训练与讨论。

中午聚餐。

餐后合影。

人际关系训练营培训结束。

梅老师特别强调,今天下午,去哪里都可以,上万松岭都没问题,就是绝对不能去攀爬蝶不过!

下午两点四十分,江军和孟小天站在了蝶不过的脚下。

"……你就是从这里上去的?"仰望着险峻的蝶不过,孟小天双腿发抖。

江军在孟小天身后道:"怕了吧?跟你说别来,你非要来。走吧,我听说蝴蝶谷向东北方向走有一个山泉眼,泉眼周围风景不错,咱们……"

"不去,上这个。害怕也要上!"孟小天稳定住呼吸。

江军:"真上?"

孟小天:"嗯!"

江军:"那好,你先上!"

孟小天:"你先啊,你有经验,前边开道。"

江军:"开什么道,你前边爬,我跟在你后边,万一你摔下来,我能接着你。"

一听这个,孟小天胆子大了许多:"好主意。你自己也要小心!"

江军:"我没问题。你也别怕,万一有意外,我一定能救你。爬吧!"

孟小天靠近蝶不过,勇气十足又战战兢兢地向上爬去!

前天晚上的大雨把苍茫的万松岭洗刷得分外青翠,从茂密的丛林间穿越上山,其实还算惬意。

而蝶不过作为万松岭的最高峰,则植被很少,大多数地方是裸露的斑驳的岩石。仿佛万松岭高高举起的一只手臂,手臂上伤痕累累。

当头的太阳又毒又烈,脚下又危机重重,爬了没几步,孟小天就挥汗如雨。

但她一定要上去!

一定要到江军找她的地方去看看!

"别往下看,也别往两边看,就抬头向上,盯着峰顶爬!后边有我!"

在江军的不断鼓励下,孟小天竭力控制着自己的恐惧,逐渐接近峰顶!

但在距离峰顶仅有一米多的地方,孟小天却哭了——吓哭了!

这最后的几米几近垂直,孟小天又控制不住地瞟了一眼侧边的悬崖,下边的蝴蝶谷深不见底!她禁不住双腿猛抖,身体的颤抖又反过来加剧内心的恐惧,终于不能自已地哭起来——

"江军,我怕……救我啊!……"

江军:"就留下那么点儿,一伸手就上去了,我在你后边呢,你怕什么?"

孟小天哭得更厉害:"我要下去!……救我啊……"

双手双脚趴在岩壁上不敢动,埋着头哭。

江军看看孟小天,想了想,道:"那你别动啊,千万别动,就这么埋着头,别睁眼,也别说话!"

孟小天感觉到江军从她身体右侧爬过，鼓励的声音也从身体后方逐渐移到前方："别动！……就好！……我就来！……你别动啊！……"

"好了，抬头！"

江军镇定的声音从孟小天头顶传来。

孟小天怯怯抬头睁眼，见江军已经趴在峰顶，一只胳膊伸下来，大手向她张开，微笑道："别怕，来！"

孟小天立刻不抖了，甚至开心地笑了笑。

刺眼的太阳就在江军的脑后，太阳的光晕里，微笑的江军宛若刚刚降临人间、匍匐在最高峰的银甲天神！

而那光芒四射的微笑之外，没有别的，只有青天澄澈，白云飞扬……

孟小天伸出一只手，交在江军手里。江军大手握小手，一用劲……

在大地与青天的交汇处，在天地之吻的相触点，那可以拯救一切的天神将孟小天拉上去了！

拉上去了！

英台姐姐，好爽哦！

从这一秒算起，接下来的两个半小时，将是孟小天

人生最美好、最浪漫、最幸福、最绚烂的两个半小时。

她就是为了这两个半小时，才来到人间的。

36 百花原的幸福时光

"百花原！我来啦！"

孟小天从蝶不过另一侧的缓坡上欢笑着冲下来，像顽皮的孩子坐着水中滑梯开心地溅落在水池中。

而百花原的美丽绝非水池可比。

江军也没想到，那天晚上黑漆漆的也没有发现——人间竟然可以有这么美丽的地方！

在这个直径几百米的大圆盘上，堆积着、盛开着无穷无尽的鲜花，争奇斗艳，仿佛在进行着一场花世界的美丽海选。

而骄阳，将每一朵花儿，都装扮得宛若小小的精灵与仙子。每一个精灵和仙子都用小小的嗓音纤细但自信地叫嚷着："我最美！我最美！"

"啊……"

孟小天小鸟盘旋般绕着百花原的外围跑，从心扉里冲出的痛快喊声吸引着不远处的白云都要飘来。

"别太靠边，周围全是崖！"江军在孟小天身后追着，提醒她小心。

跑累了，二人站在原边极目远眺。

远处是青山，青山以及更远的青山……

回首再望百花原，觉得这里就是上帝之手了，手心里小心地捧着这篮从无边青山里精挑细选采摘来的花的精灵，五颜六色，不，百颜千色……

"我要唱歌！"

孟小天放肆地唱起歌来……

从汪峰的"我要飞得更高……"到韩红的"来吧来吧来吧……"，再到《笑傲江湖》的"沧海一声笑，滔滔两岸潮……"。

奔放累了，又坐下唱梁静茹的《宁夏》。

宁静的夏天

天空中繁星点点

心里头有些思念

思念着你的脸

我可以假装看不见

也可以偷偷地想念

直到让我摸到你那温暖的脸

如周迅般沙哑嗓音的优美歌声里,绚烂的百花原也忽然幽静下来,花儿们也凝神地听,微微的风也跑来了,轻轻地小心地吹……

幻觉里,甚至点亮了满天的星,星光下,一个"男孩子"给另一个男孩子倾情地唱,但,不看他。

江军听痴了,默默坐到孟小天身边,等歌声如一片花瓣般悠悠落了,才沉醉道,"真他妈的好听。"

江军打开挎包,拿了两瓶矿泉水出来,一人一瓶。

孟小天喝了几口,嘶哑着嗓子道:"你也唱一个!"

江军:"我?……我不会唱。"

孟小天:"不会唱也要唱!我都唱半天了,怎么着也唱一首!"

江军:"……好吧,别人唱歌要钱,我唱歌可要命啊,把狼招来你可别怪我!"

孟小天:"不怪你,怪狼。唱吧!"

江军站起身,正准备向外嚎,孟小天忽然道,"等等!"

拿出手机道,"我要收藏这要命的歌!来吧!"按下录音键。

江军用喊救命的声音嚎起来:"亲爱的,你慢慢飞……"

孟小天大笑:"救命啊,狼来了!……"

江军不管不顾,嚎得更加尽兴,"小心前边带刺的玫瑰,亲爱的,你张张嘴……"

孟小天笑道:"求求你别唱了!"

江军插了句:"现在后悔,晚了!"扯开嗓子继续,"风中花香会让你沉醉……亲爱的,来跳个舞……"

孟小天:"还没穿过丛林去看小溪水呢,少了一句。"

江军才不管,"爱的春天不会有天黑"后,直奔高潮……

我和你缠缠绵绵翩翩飞

飞越红尘永相随

追逐你一生,爱恋我千回

不辜负你的柔情我的美

我和你缠缠绵绵翩翩飞

飞越这红尘永相随

等到秋风起,秋叶落成堆

能陪你一起枯萎也无悔

……

在江军跑得找不着调的歌声里，孟小天偷偷落泪了，又赶紧悄悄擦去。

心中暗想，谁说这里是蝶不过？我们不是上来了吗？……

"对了，你不是学画画的吗？你画一个我吧！"唱累了，孟小天又提新要求。

"没笔没纸的怎么画？这样吧，本人琴棋书画样样精通，我给你作首诗吧，即兴的。"江军道。

孟小天惊异，"啊？不会吧？你别吓唬我，敢情我在和唐伯虎一块玩呢！来一首听听。"

江军做吟咏状："听好啊，诗名叫《百花原赋》。第一句，小风轻轻吹。"

孟小天赞赏状："嗯，好诗，和床前明月光有一拼。下一句呢？"

江军继续："天上白云飞。"

孟小天笑赞："绝啦！"

江军继续："是否很美丽？"

孟小天迷惑，"这算第三句啊？倒是很前卫。"

江军："关键是最后点题的这一句，上句是问，是否很美丽，这句是答……猪都觉得美。"

孟小天笑倒："好诗好诗！小风轻轻吹，天上白云飞，是否很美丽？猪都……觉得美……哈哈哈哈……是

流浪猪吧?"

江军认真道:"好吧?但这诗中的深刻含义,你还没有领悟呢。"

孟小天:"还有含义呢?还深刻?不会吧?"

江军:"你把每句的第一个字连在一起!"

"小……天……是……"孟小天这才反应过来,"靠!上当了!"起身就踹江军,"你才是猪呢!野猪!"

江军得意地笑着跑,孟小天追不上,飞腿去踹,结果自己摔倒在花海里……

追逐打闹了一阵,两人再次坐好。

挨了几拳的江军开心不已,接着给孟小天讲,"这叫藏头诗,古代有个男的喜欢一个女的,女的家人不让她嫁,把她锁在家里,这女的就写了一首藏头诗,传出来,男的一看就明白了,就想办法往外救。"

孟小天:"哦,后来两人好了没?"

江军:"那我不知道,咱就说这藏头诗的妙用,明白吧?还有一种藏尾诗,每句的最后一个字连成一句话,那就藏得更深了,一般人更看不出来,你就不用说了。"

孟小天:"我怎么啦?我刚才是被你蒙了,细看我一定能看出来!"

江军先起身,走到一边,才说,"这还用细看,怪不得小天是……猪呢!哈哈哈哈……"

江军又跑,孟小天将矿泉水瓶向江军抛去,"吃老夫一暗器!"

……

两人又疯玩了一阵。

太阳西斜,江军看手机,"五点了,再不走,一定会误了晚上的大课。撤!"

两人再次翻越蝶不过,这次江军先下,孟小天后下,很顺利地下了险峰,沿来路走下万松岭。

路上,梅老师给江军打来电话,问见到游紫儿没有,他说没有啊,回到训练营,才知道出了大事——

游紫儿失踪了!

37 丛林搜救

江军和孟小天一路小跑赶到了得月斋,进门后发现,他俩是最后到的,除了游紫儿和叶清寒,全班同学以及四位老师全部在场。

梅老师神色担忧地对大家说:"情况是这样,下午,叶清寒和游紫儿到丛林里的溪水边去了,就是上次我们做生命之路训练的那个丛林。游紫儿说自己走走,叶清寒一个人在溪边等,游紫儿就再没有回来,打手机也不在服务区。叶清寒害怕,就自己回来了,回来的时间是不到四点。一直到六点,游紫儿还没回来,她才来告诉我。现在已经七点了,游紫儿还没回来,极有可能是在丛林里迷路了,出不来,我们必须找到她。"

孟小天看看窗外天色已暗,担忧地握紧了拳头。

Titus指着黑板上已经画好的一幅地图道:"这是丛林的全貌,我们那天只走了很少的一部分,其实穿越整个丛林，最近距离也要五十分钟，人在里面很容易转不出来。现在，我们先要依靠全班同学的力量搜寻游紫儿，找不到再报警。为了保证搜救效果，由南向北，我们分四条路线找。"

Titus 在那条东西长而南北窄的丛林地图上，由南向北划了四条行进路线，"叶清寒又累又怕在发烧，就不去了，其余同学二十人分成四组，每组男女均匀分配，AB-CD 四条线，由我和梅老师、黄老师、张助教分别带领。A 线和 D 线比较长，A 线最危险，我带领……"

"这样不好。"江军突然打断 Titus 的话道。

梅老师："你的意见快说。"

江军到地图边道："最外侧的两线，A 线我带领，我带三个男生，四个人就够了，路远还难走，不能被女生拖累。D 线孟小天带领，也带三个男生，路好走点，但是也很远，也不能等女生。老师们除了 Titus 老师，其他三位体力不行，我觉得你们可以分两组，带着女生和剩余两个男生走 B 线和 C 线。可以走得慢一点，但搜索要细致。这样四个组基本可以同时在丛林北面会合！"

黄老师："我觉得分配得有理。"

梅老师思考了两秒钟："好，按江军说的走。"走到地图边，指着地图上一个标志道，"丛林北面，这个地方，有个听松亭，四线师生就在这里会合！路上用手机联络！大家一定要小心，不能出任何意外了！"

张助教指着桌上的二十多支手电:"天黑了,大家每人领一支手电。出发吧!"

孟小天第一个抓起手电,点了三个男生,"你,你,你,跟我来!"

被点名的三个男生抓起手电,跟孟小天冲出门外!

一进丛林,孟小天才发现,D线也不好走,这片丛林可不像散落小木屋的白桦林,那是人造林,有设计的。这里是纯粹自然生长的野林,什么树都有,杂草荆棘丛生,还有随时会绊人一个跟头的缠绕在树与树之间的藤蔓。

天已经完全黑了,虽然有星光,但许多地方枝叶太密,如果不打手电,基本上也是伸手不见五指。

孟小天始终冲在最前头。

她摔倒数次,她感觉到手背上已经被荆棘剐破的疼!

她感觉到被摔到的小腿骨的痛!

但她依然冲在最前头。

此时的她,绝不是一个会拖累队伍的女生。

她是江军分配的路线的领军人。

她是带领男生的男生!

她心中还藏着游紫儿纯真甜美的笑脸!

那是一个用最纯洁的心来喜欢她的最可爱的女生

……

她就在丛林里的某个地方，害怕，哭泣，等着同学们，等着她心中最勇敢的小天哥哥来救她！

紫儿！别怕！我来了！

孟小天又将她这里的四个人，分成两小组，两个男生走外侧，她和另一个男生走里侧，两小组相隔不到十米，而她本人也可以看见林中 C 线师生们的手电光，这样可以确保形成拉网式的排查搜寻。

大家都在喊："游紫儿！……游紫儿！……你在哪里？……游紫儿！……"

孟小天冲得太快，渐渐的，D 线小组的人已经看不到 C 线的手电光了，孟小天对小组的三个男生说，"没关系，我们先到听松亭，可以返回来去接 C 线！"

"好的！"小组成员已经完全把她当头儿！

花木兰的故事真不是乱讲的，此时此刻的孟小天，就算要她带领十万大军去营救被敌军俘虏的游紫儿，她也一定会跨上战马，冲锋陷阵！

几十分钟过去，前方的丛林渐渐稀疏，孟小天感觉到要出去了,还是没有游紫儿的踪影,心中又添了更多的失望和担忧。

她忍不住给江军打手机:"我们这边没有?你那边呢?"

手机信号很弱,听见江军大声说:"没有!"

孟小天:"我们快出去了,你也加紧,到听松亭会合,再去接其他人!"

江军:"好!"

孟小天第一个冲出了丛林外!

星光下,是一片宽阔的平地,有野草,平地外好像还有一条土路。

但是没有游紫儿的身影……

孟小天没有停歇,立即带着三个男生左转,去找听松亭!

向听松亭狂奔的她,此时还没有意识到,一件改变她人生的意外,将在那里猝不及防地突然发生!

38　听松亭上的意外

……远远的,手电光所能探到的极限处,隐约露出一个亭子的形象!

"在那里!"孟小天用手电光指着,带大家跑过去!

……

忽然,她看见亭子里有一个小小的身影……

是她吗?

……

是她!就是她!

孟小天兴奋地大叫:"紫儿!紫儿!"

那小小的身影立刻发出近乎刺耳的尖叫:"小天!……我是紫儿!我在这里!"

"我是孟小天!我来了!"

孟小天欢笑着奔去!

二十米!

十米!

五米!

孟小天冲上听松亭,一把搂住了娇小的游紫儿!

游紫儿激动地将头埋在孟小天的肩膀上,哭泣不止,抽搐不止!

游紫儿哭着抬起头来:"小天,你急什么呀?你看你,脸上都破了,流血了!"

孟小天用手背擦了一下脸,果然有血,这才想起疼来。

孟小天拍拍游紫儿:"没关系,你没事就好!"

游紫儿却忽然哭着说出一件孟小天没想到的事:"你急什么呀?这都是假的,我失踪是老师们安排的!"

啊?

游紫儿:"这是在上课!要锻炼同学们的……"激动颤抖得说不下去,但孟小天已经明白了!

游紫儿:"我早知道你这么当真,为了我这么拼命,我说什么也不答应……"望着孟小天的一脸灰尘,还有血痕,又忍不住失声哭起来!

赶来的三个同学都听到了,明白了。

两分钟后,江军带领的 A 线小组成员也赶到。

游紫儿又抹着眼泪大声对江军喊:"你们别担心!这是上课!都是假的!"

十分钟后,B 组和 C 组的师生们也都到了,并且很快就都知道了实情。

"同学们辛苦啦!辛苦啦!"Titus 抑制着内心的激动,对围在听松亭周围的同学们大声道,"是的,这就是我们最后的一节大课!游紫儿失踪是我们精心安排的!"

Titus 向远处暗影里挥挥手,两辆小轿车亮灯开近,陆续走下八名度假村的保安,向大家点头示意。

Titus:"我们已经检查了丛林的安全,并做了周密的安排。这堂课,为的是锻炼大家在突发事件前的组织能力,与人合作的能力,快速解决问题的能力,是一次真正的野外拓展训练……"

Titus 讲话间,听松亭上的游紫儿望着疲惫、受伤的孟小天,目光里充满了关切、感动以及些许羞涩、甜蜜。

见孟小天的运动衣拉链快被扯到底了,就自然地伸手去为她拉上。

然而就因为这个不经意的小动作,真正的意外,令

所有人都惊诧的意外才突然发生了!

——

游紫儿无意间看见了孟小天的胸部!

那条将胸部勒紧收平的裹胸带在穿越丛林的奔跑中滑落了……

虽然隔着背心,但游紫儿依然一眼就看出,那是一个女孩子的胸!

游紫儿傻了,她甚至伸手去摸了摸……

孟小天脑子一空,下意识地推开游紫儿的手!

但游紫儿的叫声,比刚才还凄厉、还尖锐的叫声已经不可阻止地突然引爆:"你是个女孩子!……你是个女孩子!……"

Titus 的话被打断,所有师生都望着听松亭上的游紫儿和孟小天。

孟小天猝不及防,不知所措——她怎么也想不到自己的女孩儿身份会这样暴露,来得如此迅猛,如此彻底!

游紫儿的声音近乎绝望地悲号:"你怎么是个女的呀?……你这个女骗子!……你赔我!……你赔我!……"大声痛哭……

梅老师第一个登上听松亭,抱住游紫儿的肩膀:"紫儿你别激动!"又严厉地望着孟小天,"孟小天同学,这究竟是怎么回事?"

孟小天低头无语,等于默认!

同学们全都怔住了……

梅老师:"Titus,我们各坐一车,我先送紫儿回去,你把孟小天给我带到得月斋。其他人听黄老师安排。"

梅老师将游紫儿扶下听松亭,向一辆轿车走去。

游紫儿不能自制地号啕着,被梅老师拉上车,走了。

Titus 对孟小天:"你跟我走。"

在全班同学的注视下,女孩子孟小天无言地随 Titus 老师上了第二辆车。

上车前,孟小天回身,从人群中找到了江军。

星空下,二人对视。

夜风拂起江军额前的发丝。他的目光平静如水。

孟小天也没有任何表情地上车走了。

当时,她只知道,这是江军把她当女孩子看的第一眼。

她不知道的是……

这也是最后一眼。

39 告别蝴蝶谷

Titus 将孟小天带到得月斋，什么都没说，只是默默地倒了杯水，递到孟小天手中。

几分钟后，Titus 才道："我去看看游紫儿。你待在这儿，等梅老师。"

Titus 出门去了，孟小天一边喝水，一边想，梅老师来了，我怎么解释？

从易少南的事儿说起？再说 PSG 潜伏计划？……

忽然就觉得在这里待不下去了，也不想待下去了。

她给妙姐打了个电话，要妙姐无论如何开车来蝴蝶谷接她，现在。

妙姐答应了。

她想给梅老师留个条，然后就自己离开，到停车场去等妙姐。

正找纸笔，梅老师推门进来。

孟小天忙问："紫儿怎么样了？"

梅老师："她情绪还是很激动，Titus 和叶清寒在劝她。她说再也不想待在这里了，给她妈打了电话，让她妈来接她回去。我只好同意了，她妈妈正往这边赶。"

原来，她们是同样的想法，都想离开，先离开……

孟小天索性直说："梅老师，我也给我朋友打电话了，她来接我，对不起，我也要走，明天的课不上了。"

梅老师脱口而出："人家女孩子这样，你怎么也……"

话说了一半，才记起说得不对，坐下来，沉静地问孟小天："你为什么要女扮男装来这里？"

孟小天本来不知道怎么回答，却临时想到了一种解释，可能也是唯一能说出口的解释了。

"对不起，我就是为了……玩儿。就是为了……找找当一个男孩子的感觉……我从小就总把自己当男孩子，觉得男孩子挺有意思的，我就……对不起。"

梅老师："你不可能不知道游紫儿有些喜欢你吧？你知道了以后为什么还瞒着？你就没想过这样会伤害别人？"

孟小天："对不起，我已经给她打过预防针了，我说我不可能和她有什么的，可我没想过她反应会这么大。"

我……"

梅老师站起身来:"虽然我们这个班只有七天,虽然你也许不在意这样一个培训,虽然明天以后,我们也许不会再见面,但现在,我必须以这个班班主任的身份告诉你,你太过分了!你破坏了这个班的教学环境,你扰乱了那些来求学的同学的上课秩序,你伤害了一个女孩子,你也欺骗了你的老师!孟小天同学,我要给你记大过一次,希望你好好反省自己!"

孟小天诚恳道:"我认错!我接受您的记大过处分!可是梅老师,我还是要走,我真的……我不知道怎么面对同学们……我想静一静,想一想……麻烦您明天把我的对不起带给同学们吧,我今天必须走!大家都知道我是一个女孩子了,今晚我还怎么和江军一起……求您了!"

梅老师这才想起和江军的事儿来:"那你这几天……"

孟小天忙说:"我们没什么!他不知道我是女孩子!可现在,我必须走了,我暂时……我没法说啊我……"说着,眼泪都快急出来了。

梅老师想想道:"好吧,我答应让你走。希望你也答应我一件事。"

孟晓天:"您说。"

梅老师:"明天,我会宣布,一年后,我们会邀请全班同学参加聚会，说说这一年对人际关系学习的感悟，到时候，你一定要回来。你要有勇气，面对你的同学们！"

孟小天想想道："好的，我答应您，到时候我一定来！过两天，我会打电话给您，把我身份证的复印件传真给您……而且，我在这六天中也真的学到不少东西，谢谢您！"说完，给梅老师深深鞠了一躬。

梅老师将孟小天扶起："好的，而且，作为一个女孩子，你很漂亮，以后，别再女扮男装了。"

孟小天笑笑："嗯。"

孟小天连东西都没回星星阁去拿，直奔停车场，等到妙姐，上车回城。

路上，孟小天给妙姐讲了所发生的一切，并问："现在，我该怎么办？"

妙姐："先给那位紫儿妹妹发个短信，再道一次歉。"

孟小天马上照做了，给游紫儿发短信——

紫儿：对不起！我说过我不可能和你恋爱的，就因为这个！不过，就算我是女孩子，我也一样喜欢你！我想和你做一生一世的好朋友，好吗？你的哭声让我心都碎了，真的！求求你别再难过了，请你原谅我！

短信发出去数分钟，没回。

孟小天："然后呢？江军会不会接受我？他会喜欢我吗？他怎么看这事儿？这都快过去两个小时了，他也没给我来电话，也没给我发个短信，他会怎么想我？他会不会反感我，从此不理我？我的东西还在房间没收拾呢，我想让他帮我收拾一下带走，这样去拿东西的时候，我们起码还能见一面……他应该……不会……不喜欢我吧……"

妙姐看着前方车灯照亮的公路，沉默了一会儿，才道："不知道。这件事我不能给你任何建议，你自己决定。"

孟小天看看妙姐，无语了。

她想了十多分钟，字斟句酌地构思了一条短信，发给江军——

我走了。你帮我收拾一下东西，打个包带走，先存你那里。回头我和你联络。

五分钟过去了，江军没回短信。
孟小天的手紧紧握着手机，等待着，等待着……
十分钟过去了，依然没回……
孟小天的手微微颤抖起来！

十五分钟过去了,手机还是没有任何动静。

孟小天忽然就流泪了,而且哭出声来:"……他不理我了!……呜呜呜呜……他不理我了!……"

妙姐急忙安慰:"小天,你……"

忽然,"叮"的一声!

孟小天急忙去看手机。

来了,江军的短信来了!——

刚才洗澡呢,没看见。好的,没问题,我会替你收拾好。提醒接你的朋友,路上注意安全!

孟小天继续哗哗流泪,但早已经变成了喜极而泣:"他给我回短信了!他刚才洗澡没看见,这小子!……他说好的,没问题,他会替我收拾好!他知道有人来接我了,还让我提醒你呢,妙姐!你看,提醒接你的朋友,路上注意安全!注意安全!……注意安全……他,在乎我……"

前方,城市的灯火越来越多,越来越亮。

妙姐的车向那片阑珊、绚烂的城市夜色,酣畅地奔去!

孟小天摇下车窗,让夜风痛痛快快地吹拂她满是泪水的脸……

他,在乎我!

40　小公主的画像

孟小天在妙姐家过了一夜。

临睡前,妙姐对孟小天说:"……我觉得江军应该会喜欢你。真是一段浪漫美好的经历。可是……刚才那条短信不能说明什么,就算他不接受你,也会朋友般问候你。"

孟小天喝了口咖啡,点点头。

妙姐:"还有,两个人在一个房间里相处六天,江军才知道你是女孩儿,他没法很主动地对你说什么,说什么都很尴尬,只能等你主动来解释。看你怎么做了。"

孟小天:"我想想。"

躺在床上,孟小天辗转难眠。

她很仔细地又看了很多遍江军的短信,还是断定

他是在乎我的，他会喜欢我的，只是，妙姐说得对，他要等我先说。

她想好了接下来要做的事。

第二天下午，孟小天借穿了妙姐的一件裙子，恢复了女孩儿的模样，打车回家。

家里只有保姆郭姨一个人，问郭姨，才知道爸爸妈妈竟然去海南旅游去了，已经走了三天，哥哥孟小明踢球去了。

孟小天先是松了口气，这下没人管了，但还是赶紧给妈妈打了个电话。

孟小天："妈！你们怎么突然想去旅游了？也不跟我说一声儿！"

妈妈娄秀云："你爸说怕影响你上课，就没和你说。我和你爸现在正在三亚的海边散步呢，陪他走走。"

孟小天："那么浪漫呀！多少年了，你俩可没这么浪漫过，从我生下来就没记得你俩出去玩儿过。还不带我和我哥，什么意思吗？"

娄秀云："……你爸问你学得怎么样？"

孟小天："好，学得好！我现在的人际关系处理得绝啦！"

娄秀云："身体还好吧？没生病吧？"

孟小天："好，身体特别好！就是想你们了，什么时候回来呀?"

娄秀云:"再过两三天就回去了,在家好好的啊,别和你哥打架。"

孟小天:"嗯!亲亲妈妈!啵!"

打完电话,孟小天上楼回自己的房间,经过哥哥孟小明房间时,从虚掩的门缝里,孟小天无意中看见一样东西,不由轻轻推开门,愣愣地看起来。

原来是她!

怪不得第一次见游紫儿的时候觉得那么面熟,根本不是在大巴上留下了什么印象,而是这个——

一幅画,一幅贴在哥哥床头的美少女漫画!

那美少女圆圆的脸,好可爱好可爱的表情,小公主般的着装,像极了游紫儿!

……孟小天微微一笑,心里产生了一个新的主意。

晚饭后孟小明才回来,累得一身臭汗,洗了澡,三下五除二吃了郭姨留的饭,就被等候已久的孟小天拉到了楼上孟小明的房间。

"干什么干什么干什么?"孟小明推开妹妹的胳膊,"有什么见不得人的事儿还得到我房间说?"

孟小天坐下道:"哥,你得帮我个忙。"

孟小明:"不帮。"

孟小天:"不帮,我就等爸爸妈妈回来说你和别人踢球的时候打架了,把人家打进了医院。"

孟小明:"什么事儿啊?说说看。"

孟小天:"有个人爱上我了,可我不爱她。"

孟小明:"缠着你是吧,要我把人家打进医院是吧?"

孟小天:"什么呀?爱我的人是个女孩子!"

孟小明:"啊?女同志?"

孟小天:"她以为我是男的呢!"

孟小明晕了。

孟小天就把自己女扮男装去上学,被游紫儿爱上的事儿说了一遍,当然没说江军那一部分。

"……就这样。麻烦你把嘴合上好吗?张了半个小时了,至于那么吃惊吗?"

孟小明:"你是不是疯了?你要干什么呀?对了,我说我的运动鞋怎么好像少了,郭姨也说没见,原来是你!你等我回来告诉爸,看他怎么把你吊起来拿皮鞭抽你!"

孟小天狠狠打了孟小明脑袋一下:"你敢说,我现在就抽你!告诉你,你明天就帮我安慰这个女孩儿去!听见没有?"

"不去!"孟小明斩钉截铁,"自己惹的乱子自己解决!我不帮你!你敢跟爸爸告黑状我就把你的事儿都兜出去,谁怕谁?"

孟小天神秘兮兮地笑了:"她长得可是很漂亮哟,和你梦想了很多年的梦中情人一模一样!"

孟小明:"得了吧,我的梦中情人我自己都不知道什么样儿,你知道?去去去去,回你房间去!"

"我当然知道了,就是……"孟小天指指床头那幅漫画,"就是'酱子'的!游紫儿长得和她一模一样!"

孟小明回头看看漫画上的可爱女孩儿,很显然心动了,"不会吧?……这是画儿呀!"

孟小天:"骗你是小狗!正好,她要我赔她呢,我看,就把你赔给她算了,人家要不要,可就看你的喽!这泡妞啊,得有技术,做了几天男孩子,我可有心得了,你得……"

孟小明:"你给我滚出去!"

孟小天叹口气,只好向外走。

孟小明忽然道:"把她电话留下呀!"

41 真爱撞卫星

回到自己房间,孟小天看看时间:七点四十三分。

还不到八点。

孟小天昨夜想好的是,今晚八点以后再给江军发短信——这时候,江军一定已经回到了城里,有什么要谈的事儿下午也谈了,而且吃了晚饭,正在琢磨我孟小天怎么还没短信,让他等一等,但又不能等太久。

现在还不到。

孟小天摆弄着手机,等待。随意翻着手机里的东西,忽然找到了江军在百花原唱《两只蝴蝶》的录音,听了一遍,那跑调却狂放的歌声又让孟小天不禁笑出声来。

她把那段录音设置成一个专用铃声——只有江军打来电话时,才会响起。

太好玩儿了。

八点零五分,孟小天给江军发出了早就想好的一条短信——
我的包拿回来了吗?

刚发出去十几秒钟,就听见手机一响,孟小天连忙查看——
明天有空吗?我想请你看电影,可以吗?李沧。

这不是添乱吗?孟小天麻利回复——
没空。

紧接着收到了江军的短信——
拿回来了。

孟小天发短信——
明天下午三点,在青年路东口的咖啡屋见面,好吗?别忘了带着包。

收到江军的短信——
好。

孟小天发出短信——
对了,还有一件事。

这是孟小天昨晚就设计好的方式,一个意思,分两条发。

她要江军也等待一下,再说那件事儿!

那件最重要的事儿!

她控制住自己有些发抖的手,好几次打错字,修改,再打,弄了好一会儿,才终于哆哆嗦嗦地完全打好。

按动发送键的一瞬,她似乎看见到那几行字从手机里以闪电的速度飞向某一颗通讯卫星,在那里,像击到壁上的弹球一样,弹了一下,翻身飞回地球,带着主人最重要的使命,闪向了要去的角落。

去吧,快去吧!——

想知道我为什么女扮男装吧?是为了找到我的真爱。我找到了,就是你。从明天开始,我们恋爱吧,好吗?

顷刻间,短信回来了,只看了两个字,孟小天的眼泪就夺眶而出,但再往下看,她差点被气疯——

好吧,既然你没空,就改天再约吧。我想你一定会有空的吧,不看电影,吃饭也行。今天先这样,拜拜。

苍蝇拍!

苍蝇拍在哪里?

我要拍死这只小苍蝇!

孟小天懊恼了几秒钟,删了李沧的短信,又赶紧专注地等待!

十分钟过去了,没回。
孟小天茫然无措,但她还是死死地盯着手机。
半小时过去了,没回!
孟小天将手机放在桌上,软软地倒在了床上……
她不敢哭,也不敢想,更不敢再发追问的短信……
她只能等待!只能煎熬!
难道他不要我?
……
孟小天心中难受,身体紧张,想上卫生间。
从卫生间一回来,又连忙去看手机——还是没有,什么都没有!

无声的室内,孟小天觉得透不过气来,她要哭了,也想哭了,想很委屈很委屈地哭一场,她甚至已经张开嘴,准备像游紫儿一样,号啕大哭!

不顾一切地号啕大哭!……

就在此时,江军的短信回来了,只有五个字,让孟小天百思不得其解的五个字——

明天下午见。

然后,什么都没有了,再也没来短信……

熄灯躺下后,孟小天还在辗转反侧地琢磨这五个字。
茫然!一片茫然!
但她仿佛已经有了一种非常不好的预感!
我都说了那样的话了,他……怎么会如此平淡?
如果他喜欢我,他会这样吗?他就不怕我着急?他就不怕我睡不着!他是什么意思?我明天该怎么办?

如果他喜欢我,这样逗我,也太坏了!……会吗?会是喜欢我,但要故意留到明天再说的吗?
……

凌晨了,孟小天依然睡不着,她开始数羊,强迫自己睡觉。

睡!
必须睡!
明天上午,我还要化妆,还要把自己打扮成全世界最漂亮的女孩儿,无论如何,我要完美地出现在他面前!
我不能有一丝一毫的倦容,我要光彩熠熠,我要美艳动人!

终于,她睡着了。

在梦中,她梦见两只蝴蝶,一红一蓝,在白桦林中的星星阁外翩翩飞舞……

42 咖啡惊雷

回味那个美丽的梦,孟小天心情好了许多。

回忆她和江军在一起的每个细节,她再次觉得自己的判断不会错。

他会喜欢我的!

他会的!

孟小天开始为下午的约会换衣服,换了一套又一套,总觉得不好。

她站在镜子前,歪着头,叉着腰,皱着眉,右腿一抖一抖,看着镜中的自己,怎么看怎么还是个男孩儿。

那肤质!那模样!那神情!那气质!那感觉!不还是个毛头小子吗?

问题出在哪儿呢?

……头发!

头发太短了。

她后悔昨天没出去接成长发,现在,来不及了。

忽然,她想到从网上买过一个韩国假发,马上翻箱倒柜地找,找到了,一戴——嗯,果然立刻就像个女孩了。

很时尚的波浪似的卷发,棕色的,飘飘的。

衣服方面,最终的决定是穿一条银色闪光面料的连衣裙,裙上开满了金色的花朵,V字领,短袖,收腰处系着同样面料的蝴蝶结。

脚下蹬了一双八厘米跟的白色漆皮厚底高跟鞋,身姿立刻挺拔了不少,也曼妙了许多,拉起裙摆旋转一圈,已然有仙子的感觉。

上午十一点,开始精细地化妆,把眉毛画得细而长,涂了金粉色的眼影,抹了胭脂,点了红唇,再戴上自己最喜爱的那条心形吊坠水晶项链,孟小天自己都有些意想不到——

梅老师说得对,我原来挺漂亮的。

微微闭了一只眼睛去笑,孟小天觉得自己应该还算比较迷人吧。

继而想,就算江军有些犹疑,见了这样的我,也让他立刻为我倾倒!

继而又想,见了他,第一句话说什么……

嗯，有了，甩开浮在眼前的发丝，温柔地一笑，道："我的假发好看吗？"

下午两点四十五分，孟小天将自己的宝马车停在咖啡屋门口，拎着别人送给妈妈、妈妈又送给自己的一款名贵坤包，优雅地走了进去。

她找一个靠窗的位置坐了，点了一杯蓝山咖啡，等待。

三点整，她给江军发了一条短信——

我到了。进门左转，靠窗。

江军见到美艳的女孩子孟小天，将会怎样？

在最后的悬念揭晓之前，孟小天反而异常平静，她慢慢地搅动着咖啡，却一口没喝。

三点零五分，一个男孩走到孟小天面前，问："你好，孟小天吗？"

孟小天一直看着窗外，听到声音，微微一惊，转头看来人——好像见过……

"我是江军的朋友，罗觉。不记得了？我们在训练营的食堂一起吃过饭。"

望着罗觉，孟小天有些慌了，看看罗觉身后，又看看窗外——没有江军的影子。

不由自主地起身问:"他呢?"

罗觉:"他有事来不了,托我把你的东西带来了。"将孟小天的牛仔包放在咖啡桌上。

罗觉又取出一个信封,道,"这是江军让我给你的。"

孟小天下意识地躲避了罗觉带来的那封信,不接,反而又问了一遍:"他怎么没来?"

罗觉没有回答,默默地将信封放在桌上,说了句"再见",转身走了。

孟小天愣了片刻,才一把抓起那封信,拆开,读起来——

孟小天:

对不起,我不想来。

一个女的孟小天会让我觉得非常陌生。

你愚弄了我,欺骗了我。

现在会骗我,以后也会。

我不知道你哪句话是真的,请去别处寻找你的真爱。

我不想再和你有任何联系,更不想再见你。

忘了我吧,我也会忘了你的。

江军

读完信，孟小天没有任何表情地坐下，将信慢慢折好，收起来。

没有悲伤，没有恼怒，很平静。

开始小口小口地喝咖啡，并第一次发现，原来蓝山咖啡是酸的，酸得让人怀疑是不是加了老陈醋。

孟小天将咖啡杯推到一边，拿出手机直接拨打江军的号码！

听到第八声"嘟"音，对方接起了电话。

孟小天："我就想核实一下，那封信是你写的吗？"

江军："是我写的。"

孟小天："江军。"

江军："嗯。"

孟小天："你是个王八蛋！"

江军把电话挂断了。

43　干掉回忆

就像电影院正演着一部催人泪下的电影，突然停电了。

就像正做着一场感天动地的梦，突然被闹钟叫醒了。

就像浑身发抖地发高烧，神志不清，一针下去，突然退烧了。

那些伤感迷离，那些如梦似幻，那些牵肠挂肚，那些痛苦呻吟，那些心情摇摆，那些神魂颠倒，突然一下，全没了。

小天是猪。
没错，我就是一头大蠢猪！

开车回家的路上，孟小天觉得被戏弄了。
被……

被自己戏弄了。

自己骗自己!

忘记他!

忘记他出现在大巴车窗外的那一幕……

忘记他高挺的鼻梁,清澈的眼神……

忘记坐在他自行车后座的感觉,忘记他宽阔的肩膀……

忘记他要我为他抹药的尴尬……

忘记他没有格调的理想……

忘记篝火旁他敦厚的欺骗……

忘记那个雨夜,他为我攀爬危险的蝶不过……

忘记百花原上的一切浪漫,一切欢笑……

忘记丛林里奔跑时远远的心有灵犀……

忘记他!

既然反感我,为什么还在我回来的路上,要我注意安全?我安不安全关你什么事儿?

我就不注意安全,怎么样?

孟小天内心突然升起一股冲动,想加速冲进逆行的车流,撞个灰飞烟灭!

踩油门吧!……

却发现自己还是踩了刹车,车子急停在路边。

孟小天趴在方向盘上哭起来，终于哭出声来……

哭得好痛，好痛！

她脑子里委屈地喊着——

我怎么啦？

我怎么惹你啦？

我怎么愚弄你啦？

啊？……

不，不许哭。

忘记他！……

一个小时后，孟小天回到家里，让自己笑笑的，还问郭姨今晚准备做什么，还要和郭姨一起买菜去，买一条鱼，让郭姨做自己最爱吃的糖醋鱼。

真去了。

菜市场，孟小天努力和郭姨聊天，聊有趣的事，果然……忘了不少。

偶尔心痛一下，她也能尽快平复。

她告诉自己：一个星期，顶多一个星期。

把江军彻底忘记！

鱼做好后，孟小天正要动筷子，哥哥回来了，抢过孟小天的筷子就吃。

"讨厌！有个哥哥的样儿没有？"孟小天骂道，忽然想起什么，道，"你去了没？"

孟小明一边吃鱼，一边瞟了孟小天一眼，"去了。"

"真的？"孟小天惊喜，"你说你是我哥，她见你啊。"

孟小明："我哪有那么傻？我说……"

孟小天："说什么？"

孟小明："不告诉你，反正见到她了。"

孟小天："她怎么样？"

孟小明："被你折腾得够呛，哭得眼红红的。哎，你怎么眼睛也红红的？也哭啦？"

孟小天："我哭什么，昨晚没睡好。"露出神秘的笑，"怎么样，和画里的一样可爱吧？有没有把握搞定她？"

孟小明撇撇嘴："净吹牛，哪有画里那么好看。我去还不是为了帮你。你可真能惹祸。还能让一个女孩子那么……我真服了！"

孟小天："你怎么安慰她的？"

孟小明："我说我是道上的，可以帮她干掉那个孟小天。"

孟小天瞪大眼睛："啊？她怎么说？"

孟小明："她没说什么。"

孟小天："哦。"

孟晓明："就问了一句话。"

孟小天："什么？"

孟小明:"怎么收费?"

我靠……

孟小天很无语。

孟小明:"知道多恨你了吧?爱得深,恨得深。当初你不是也跟我说要找易少南算账吗?……不过你放心,她会好的,过一段就忘了。你现在也不想易少南的事儿了吧?"

不想了。

所以,我也一定要忘记他。

我要干掉自己的那段回忆!

无论什么收费标准。

44 老狐狸的爱

两天后的晚七点,爸爸妈妈回来了。

孟小天吓了一跳。

"爸!您怎么啦?病了吗?"

孟玉堂的满头黑发突然之间白了一多半,两鬓苍苍,人也瘦了一圈,走路都变慢了,仿佛一下老了二十岁!

孟玉堂看看女儿:"我没事。最近身体是不好,不过没大碍。你哥呢?"

孟小天赶紧扶爸爸坐下:"他有个同学过生日,聚会去了,我给他打电话。"

孟玉堂:"不用了,让他玩儿吧。"

郭姨端来了饭菜,孟玉堂夹了几口莜面栲栳栳,好像吃不下,用小勺慢慢喝粥。

期间妈妈用担忧的眼神望着爸爸。

有人打妈妈手机约牌局，妈妈也推了。

印象中，妈妈每次都是赶紧上楼换衣服，拎包去赶局。

这次……

出事了，一定出什么事了。

孟小天不由问道："爸，妈，没有什么事儿吧？"

妈妈娄秀云声音有些哽咽："……没有。"

孟玉堂沉声道："吃饭。"

喝完粥，孟玉堂默默拿了份报纸，上楼去了。

上楼的时候，佝偻着身子，脚步很慢。

娄秀云关切地看着，直到孟玉堂走进卧室，背影消失。

饭后，孟小天将妈妈拽到了自己房间。

"妈！究竟出什么事儿了？我爸是不是有什么病了？"

娄秀云叹口气道："你别问了，孩子。"

孟小天："我当然要问，我是你们的女儿啊！"

娄秀云突然落了泪。

孟小天赶忙坐到娄秀云身边，搂着妈妈急道："妈，告诉我呀！"

"你爸，要自杀！……"

孟小天吓呆了："啊？"

娄秀云擦擦泪水道:"那天晚上,他要吞安眠药,幸好被我发现,抢过来,我哭着求了他半天,他才答应我不做想不开的事。我怕他心情再不好,就买了机票,陪他去海南,给他散散心。"

孟小天:"为什么啊?好好的,怎么会……"

娄秀云:"什么好好的,你和你哥哪知道啊?其实连我也是刚知道,你爸看上去没事人一样,其实整个公司已经运转不动了。金融危机,房子卖不动,建筑上的钱给不了,银行又催贷款利息,他疯了一样到处找钱,窟窿太大,找不到啊……"

孟小天:"就算这样,爸爸也不至于想到……他挺坚强的啊!"

娄秀云:"他是很坚强。是有个人刺激了他。那个人找到你爸,说可以给你爸七个亿,帮你爸补窟窿,一块合作。两人谈来谈去,什么都谈拢了,最后,那人才说出,原来他另有目的,把你爸气得当时就拍桌子把他骂走了,晚上回来越想越气,才……"

孟小天:"他什么目的啊?"

娄秀云看了孟小天一眼,没有回答。

孟小天:"啊?"

娄秀云:"你爸不让我说。"

孟小天泪水涌出,摇着妈妈的肩膀:"你说呀!"

娄秀云:"那人说,我有个儿子,喜欢你们家女儿整整十年了，如果能把你们家女儿嫁给我儿子，我就投资。"

小苍蝇！……

孟小天顿了顿，突然想到什么，站起身来大声道，"妈！你们是不是找江军去了？你们是不是给了江军一笔钱，逼着他写了一封信，让他别爱我？你们是不是为了能让我嫁给李沧就……"

望着娄秀云疑惑、惊讶的目光，孟小天问不下去了。

娄秀云："你说的什么呀？谁是江军？"

孟小天："一个男孩子，我爱上他了。你们真的没有背着我去找他？你们……"

"孩子。"一个苍老的声音传来。

孟小天回头——不知何时，爸爸孟玉堂推门进来了。

孟玉堂先用责怪的眼神看着娄秀云："跟你说你别说别说，你还是说了，你非要让一家子都痛苦不可，是不是？"

继而温柔、慈祥、伤感地望着孟小天："小天，爸爸不知道你说的男孩子是谁，如果你爱他，就去爱。你放心，爸爸就是死，也不会逼着我的女儿嫁给一个不喜欢的人！"

孟小天扑到爸爸怀中，泪如泉涌："好爸爸好爸爸好爸爸……好爸爸……对不起，我不是那个意思……"

孟玉堂轻轻拍着女儿的背，看看在一边饮泣的娄秀云，心中暗道——

老婆，你表现得很好。

孟玉堂和娄秀云并没有去海南，就在城里的一个五星级酒店里待了几天。

昨晚，娄秀云望着孟玉堂的白发说："你本来是少白头，这段时间故意不染，还刻意减肥，让自己瘦成这个样子，就为了骗自己的女儿，是不是太卑鄙了？"

孟玉堂背手站在窗前，看着城市的夜色，悠悠道："这不是欺骗，这是爱。我把所有的责任，所有的压力都背在自己的身上，就是为了能看着你和孩子们幸福。你，小明，小天，我都不让你们到公司来，就是怕你们知道了实际情况，为我担心。现在，我是真挺不过去了，要孩子帮一下，而且，实际上也是帮她自己，为她找到幸福。这怎么叫卑鄙呢？"

娄秀云："那你可以跟孩子直说啊，为什么要让我去反着说？"

孟玉堂缓缓转过身来："咱们的孩子你还不了解吗？

如果我们强求，她一定不答应。所以，必须正话反说，让她自觉自愿地做出选择，让她心疼她爸爸，让她为了这个家，主动去接触李总的儿子。"

娄秀云："可是……"

孟玉堂："可是什么？不这样，我们就会被打回原形。和李姐她们打牌的日子，就会永远成为你的回忆。"

娄秀云无言了。

……孟小天松开爸爸，哭着道："爸，无论如何，你不能……你不能离开我们啊！……"

孟玉堂老泪纵横："不会的，孩子，你妈说的不是真的。爸爸很坚强，没问题……"含泪微笑道，"对了，跟爸爸说说，那个男孩子是怎么回事儿，应该比那个易少南好吧，哪天带到家里来，让爸爸妈妈看看……"

孟小天擦擦泪道："我瞎说的，没有这么个人。"

45 空姐之恋第二季

两天后,李沧给孟小天发来短信——
今天有空吗?

孟小天回短信——
还算有吧。

李沧——
我请你看电影吧?

孟小天——
嗯。

李沧开着一辆劳斯莱斯来接了孟小天,去市中心的一家电影城。

路上，李沧有些羞涩地说："今天你打扮得真漂亮。"

"是吗?"孟小天不觉得有什么太好啊，假发也摘了，随便穿了一件粉红色的T恤而已。

孟小天："你别说，你比初中时候真帅多了……"

其实还准备往下说的，但这半句一出口，已经后悔了。说这样的话忽然让自己有点恶心。

李沧颇为自信地笑道："其实长的还那样，可能是气质不同了吧。"

孟小天真想喊停车。

两人看了一场貌似很热闹的国产喜剧片。孟小天看得快睡着了，李沧却笑得前仰后合，孟小天只好也装作很有意思的样子。

从影院出来，正是华灯初上的时候。

李沧："去吃个饭吧?"

孟小天："行。"

李沧："想吃点什么?"

孟小天："随便。"

李沧："那我带你去吃日本料理。"

孟小天最烦日本料理，但还是去了。她想找到两人的共同点，她想发现李沧身上可爱的地方。

包间里，李沧像日本人那样端着一杯清酒问孟小天："小天，你觉得刚才的电影怎么样？"

孟小天："还好吧，挺逗的。"

李沧："我觉得一点也不好看，水平太低。搞喜剧搞成这样，真是中国电影的悲哀。我准备投资两部电影玩玩儿，一定要比这个拍得好一万倍。为什么我敢这么肯定？因为拍喜剧是一种意识，是一种与生俱来的幽默感，这种东西你有就是有，没有就是没有。我有。"

孟小天："我感觉到了。"

李沧："还有，电影也属于文化创意产业，我跟我的导演讲，一定要出新，一定要时尚，一定要用一些真正幽默的东西。他的剧本里，有这么一个情节，男主角给女主角讲了个笑话，把女主角逗笑了，可我觉得那个笑话一点也不可笑，我就提出换一个，他马上就接受了。不是说我有钱，我投资我就说了算，是我讲的东西大家都认同，确实好笑，所以他们很尊重我。"

孟小天："什么笑话啊，能给我讲讲吗？"

李沧："有一只老鼠，好不容易找了个女朋友，是个什么呢？蝙蝠！别人就笑话它，你找个什么不好，找个蝙蝠！你知道它怎么回答吗？"

……

孟小天完全惊呆了："怎么回答的？"

李沧微笑地品了一小口酒:"你猜。"

孟小天觉得自己快疯了:"我怎么能猜出来?求求你快说吧!"

李沧悠悠道:"它说,蝙蝠怎么了,好歹还是个空姐呢!"

孟小天大笑,笑得眼泪都出来了,拍着桌子叫:"真他妈的绝了!"

李沧等孟小天笑够了,才接着道:"你看看,你的笑就说明了一切。当时导演、编剧还有男一号、女一号一听,也都是这种反应。那么,你可以想象一下,将来在电影院,会是什么效果?你想想。"

孟小天:"那一定是全场爆笑啊!"

李沧:"对啊!来,再吃一个寿司。"

第二天晚上,孟小天趁吃晚饭的时候,装作很无意的样子,跟爸爸孟玉堂说:"……对了,爸,那个李沧,就是喜欢我十年的那个,昨天约我看电影了,他人还不错。"

孟玉堂愣了愣:"小天,你是真的觉得他不错还是……"

孟小天:"当然是真的了!爸!我记得你的话呢,您绝对不会让我嫁给一个我不喜欢的人。我的性格您还不明白吗?我要是觉得他不怎么样,他就再有钱我也不答

理他！您放心吧！我也就和他处一处，要觉得不好，不来往就是了。"

孟玉堂："恋爱的事儿，你自己定。上次那个易少南，我觉得不怎么样，但我也是让你自己去判断，多接触一段时间再说，最后怎么样？你自己也知道了。这个李沧，你也多接触一段。当然了，他不可能是为了咱家的钱。"

孟小天："哦。交往交往看吧。"

第二天，孟小天发现父亲把头发染黑了，人也精神了许多，心中欣慰不少。

但这是自己要的爱情吗？

是自己要的生活吗？

她没有想，也不去想。

她只是觉得，应该这么做。

只能这么做。

然后，就这么做了。

就像是网游里的一个游戏人物，被玩家点了——去打怪兽！

就去打怪兽。

全家人都瞒着哥哥孟小明最近的一些变故，所以孟小明还每天挺乐呵地玩儿，好像比以前还更开心了。

"后来你是不是又见游紫儿了?"孟小天问。

孟小明看看妹妹:"你怎么知道,她给你打电话了?"

孟小天:"没有,我就是觉得你每天能高兴成'酱子',上楼都哼着歌儿,能有什么事儿呢?也就这事儿能让你这么开心。"

孟小明:"人生就应该快快乐乐的。跟游紫儿没关系。"

孟小天想起什么:"……你跟她说你是我哥了吧?"

孟晓明:"嗯。没事儿。你放心,我会安慰到底,直到……"

孟小天:"直到你把她泡到手!"

孟小明笑道:"别胡扯。"

孟小天和李沧每隔三五天见一面,两人谁都没说过是在谈恋爱,也没有任何亲昵的动作,只是看电影,打羽毛球,吃饭,还去过一次海洋馆,一次水上乐园。

孟小天带李沧去杀人吧玩了一次,但没玩两局,李沧就说自己有事走了。

两个多月后的一天,孟小天生日,李沧送了一辆红色的新款法拉利敞篷跑车给孟小天。

孟小天驾车到外环跑了一圈,果然很爽。

当天晚上,李沧想亲吻孟小天,却被孟小天推开了。

李沧有些尴尬地离去。

回家后,孟小天问了妈妈一个很重要的问题:"那个李总给我爸打钱没有?"

妈妈说:"没有。但李总也早就知道了你们的事儿,对你爸也很好。七个亿呢,可能还有些具体内容要谈吧。"

孟小天:"哦。"

至于那个人,孟小天认为自己已经忘了,只是偶尔看古装剧,无意间听到类似——"将军,我的人马都到了!"——的台词时,心里会针扎般地疼一下,但很快就过去了。

46 网店，直营快乐

这一天，孟小天在街上看见了哥哥和游紫儿在一起。在一个服装批发市场附近。

孟小天开着法拉利正在路上行驶，很随意地看了一眼街边，恰好看见哥哥孟小明和游紫儿!

两个人正把两个很大的黑塑料袋往哥哥的奥迪车后备箱里塞。

孟小天开过去一百米，将车停在路边，下车，回头，看见他们要上车了，忙大喊一声："紫儿！游紫儿！"

孟小明先看见了，好像还想躲，急忙拉游紫儿上车，但游紫儿随后也看见了，甩开孟小明，欣喜地大叫："小天!"

游紫儿打扮得比以前还卡通，像一只过分艳丽的小鸟般，向孟小天扑飞过来!

孟小天连忙奔跑着迎了上去!

两姐妹在街边紧紧相拥!

相拥而泣!

什么都没说,就是拥抱,就是流泪……

过了会儿,孟小天看着扭捏赶来的哥哥,才轻声道:"我可把他赔给你了啊!"

游紫儿在孟小天怀里抹着泪儿点头:"收到。"

孟小明走近了,孟小天才将游紫儿放开,问道:"你们这是干什么呢?哥,"又看看游紫儿,"以及……未来的嫂嫂?"

"啊呀!……"羞愧难当的游紫儿抱着脸尖叫一声,又扑上来追打孟小天。

孟小天大笑着躲避。

在这条夏日的街道上,每个人都被这笑声感染得非常愉快……

到咖啡屋里坐下,孟小明给自己和游紫儿点了一壶水果茶,又给妹妹点了一杯蓝山咖啡。

孟小天对服务员道:"不要蓝山了。加个杯子好了。"

服务员走了,游紫儿捅了一下孟小明道:"你看小天多会省钱,你就会浪费资金!跟你说,这杯水果茶算你个人开销,不能算到进货成本里哦。"

孟小天:"……你们要开店啊?"

孟小明似乎很无奈地笑笑道:"紫儿非要在网上开个服装店,还拉着我一块干,我们这是进货来了。"

游紫儿:"有一部分是我自己设计的哦!让别人做,贴我们自己的牌子!小店马上开张,欢迎光顾哦!"

"太了不起了!"孟小天赞道,"原来紫儿还是服装设计师,女企业家呢!"

孟小明苦笑道:"你快别夸她了!网上开多少店了,有几家挣钱的?就算挣能挣多少?得卖多少件小裙子才能买得起一辆法拉利!她非要开。不过,她喜欢,我也就陪她玩玩儿呗。你可千万别让爸知道。"

孟小天还没说什么,游紫儿抢道:"他这个人就'酱子'!什么都不懂还乱讲!小天你别介意。"又转过头,很不客气地教训孟小明,"你知道这个市场有多大吗?全中国呀!慢慢做大,那是有倍增效应的!到时候,一天我赚俩法拉利,比房地产赚得都多。你信不信?"

孟小明做出严肃的表情道:"我信,坚信不疑。"

孟小天被哥哥逗笑了,道:"真羡慕你们。赚不赚钱其实不重要,快乐就好。"

游紫儿:"这有什么好羡慕的?你不快乐吗?小天,我听说你最近搭了一个超有钱的公子哎,没错吧?"

孟小天:"有钱是有些,但未必有快乐。也就是交往交往而已,别提他了。"

终于还是聊起了训练营的事儿。

孟小天将自己的一切都解释成了为了好玩儿。

"你还和咱们班谁联系啊?"游紫儿问。

孟小天:"没有,谁都没联系。"

游紫儿:"江军呢?"

孟小天:"没联系。"

游紫儿:"其实无所谓的。我都无所谓了,其他同学就算知道了你是女孩子,还能怎么样?"

孟小天:"你和谁联系着?"

游紫儿:"我?都联系着呀!还约好了要聚会呢。不过,有两个人联系不上。"

孟小天:"谁呀?"

游紫儿:"一个就是江军,打了好几次都关机,不知道他是什么意思。还有一个是梁峰,他是停机了……对了,你还不知道叶清寒和梁峰的事情吧?"

孟小天:"什么事儿?"

游紫儿:"叶清寒到培训班来,根本就不是为了上学,是为了钓凯子!就是找有钱男人,骗他们的钱。她不是和梁峰好了吗?后来……"

47 鱼钓小猫

几天前的一个上午。

游紫儿正在家研究新买的数码相机,接到了叶清寒的电话。

"紫儿,你现在方便吗?我去找你,有点事儿。"

"好啊好啊。"

半小时后,在游紫儿家小区附近的街心花园里,游紫儿等来了叶清寒。

叶清寒明显憔悴了许多。

游紫儿:"清寒姐,减肥啊?瘦了好多哦。"

叶清寒将游紫儿拉坐在街边长椅上,忽然就哭了:"紫儿,我……"

游紫儿一慌:"怎么啦?"

叶清寒抹抹泪,道:"你方便给我拿两千块钱吗?"

……

游紫儿眨眨眼,没再问什么,道:"你等一下。"

匆匆跑回家,取了钱回来,递到叶清寒手里:"拿着。"

叶清寒接了,游紫儿才问:"怎么啦清寒姐,出什么状况了?"

叶清寒眼泪又要滚落,硬忍了片刻,才道:"我让梁峰骗了,骗走我六十万!那是我全部的积蓄。"

啊哦?

游紫儿依稀记起自己两岁时第一次见到奥特曼的感觉!

趴在床上,睁着大大的眼睛,仿佛在想,这个世界好奇妙哦!

"怎么会'酱子'?"游紫儿奇怪多于难过。

叶清寒平静地道:"他说他钱包丢了,卡都在里面,临时用一下我的钱,然后……就消失了。走了两天,我才明白,我被骗了。他伪装得真好。"

又凄凄地笑笑:"比我好。"

又咬着牙狠狠道:"不过紫儿,你放心,从男人身上失去的,我一定要加倍从男人身上夺回来,加一千倍,一万倍!"

穆念慈转眼就成了梅超风。

游紫儿不由劝道:"别玩了,清寒姐!骗来骗去的有什么意思呢?……"

心里还有一句话——你又玩不过人家?

叶清寒冷笑道:"有意思,很有意思。"

梅超风转眼又成了李莫愁。

游紫儿无语了,过了一会儿,才想起一个话题:"哎,对了,不如我们合作吧,你做模特,我们一起在网上开个服装店。靠你的身材,什么衣裳往上一套,都一定会被疯抢的,用不了一两年,六十万很快就赚回来了。"

叶清寒拍拍游紫儿的脸:"谢谢你,我没兴趣。我的身材,是给你的小破店做模特用的吗?告诉你,有个外国老头盯上我了,他可不是一般的有钱,你等着,看姐姐我怎么钓来一个亿。"

聊了不到一刻钟,叶清寒告别了游紫儿,挺起胸,更清高、更有气质地走了。

望着那风姿绰约的背影,游紫儿忍不住大人般地叹息了一声……

"……唉。"

游紫儿讲完了叶清寒的事儿，孟小天无言，孟小明也无言，大家就这么坐了一会儿，听咖啡屋里飘荡着的幽怨的萨克斯风。

似乎感慨很多。

但其实，最让游紫儿感慨的一件事，她却没有说出来。

和孟小明交往的日子里，游紫儿知道了欺骗孟小天的男人叫易少南。

易少南？

她觉得自己似乎听过这个名字。

终于被她想起，是叶清寒在梦里曾经喊过——

"易少南，我杀了你！……"

而在同一个城市里，出现两个专骗女孩子的"易少南"的概率并不大。

这个特别蹊跷的真相，游紫儿没有对任何人说破。

她不能把真相告诉叶清寒，那会让叶清寒更厌恶那段回忆，心里的伤痕更深。

她也不能把真相告诉孟小天，孟小天也会更厌恶那段回忆，心里的伤痕也更深。

而她却无意间知道了这段令人厌恶的真相，还不得不把它收藏在回忆里，还要替当事人小小地伤心着。

问题是，我这是招谁惹谁啦？

凭什么把真相埋我这儿啦？

依她的性格，不说出来，简直太难受了。

而此刻，面对孟小天，游紫儿还是忍住了没说。

有些事情，明明知道了，却不能说，只能永远留在自己心里。也许，这就是传说中的成熟吧。

游紫儿一边品味着水果茶，一边很不乐意地感慨——

靠，偶成熟了。

很久以后的一个夜晚，游紫儿将把这个蹊跷的真相告诉孟小明。

他们将在一起叹息：两个女孩子，被同一个男人骗，却做出两种不同的反应，走上两条不同的路……

一个，是这样一种结局。

而另一个，却是……

那样一种结局！

48 华丽的摊牌

两个人连续一周没见面了。

这天上午,李沧约孟小天见面,孟小天只好去。

孟小天到了李氏集团总部所在的写字楼下等。

李沧又来电话说,让她上去,还有些事没处理完。

孟小天上楼,来到了李沧的办公室。

办公室在顶楼,超大,放些器械能做健身馆。落地窗外,整个城市都在脚下,可以望见城市外的远山。

李沧边打着业务电话,边招手示意孟小天坐下。

孟小天点头,到窗边的一张沙发坐了,看风景。

有女秘书给孟小天倒来茶。

打完电话,李沧又道:"小天,我整理个东西,马上。"

孟小天:"不急。"

李沧正对着电脑翻查着什么,有一位西装革履的微胖的男孩走进来,小心地走到李沧身边,递上一叠资料道:"李总,您要的文件。"

"哦,放那儿吧。"李沧头也不抬地说。

放下资料,男孩正要走,李沧好像刚想起什么,忽然抬起头来:"对了,你看看那是谁。"

那,指的是孟小天。

正看窗外的孟小天回过头来。

男孩一看,流露出一脸热情的微笑,走到孟小天面前:"你好,好久不见了。"

孟小天觉得眼熟,犹疑地起身:"你是?……"

男孩笑道:"我是关栋啊!你的初中同学!"

孟小天想起来了,拍着关栋的肩膀道:"关栋啊!怎么胖成这样了?真认不出来。怎么?你现在在这儿干啊?"

关栋躲开孟小天的手,不让她再拍到,感叹道:"是呀,多亏李总提携,有个养家糊口的地方。"

"仅仅是养家糊口吗?"李沧的声音忽然飘来。

关栋忙道:"不是不是,车、房都买了,这边待遇挺高,我特别满意。"

孟小天还要说什么,李沧却对关栋道:"关经理,你

先忙吧。"

关栋回身向李沧那边，身体向前欠了欠，貌似想鞠躬没鞠出来，又非常礼貌地对孟小天笑笑，走了。

李沧一字一句地对孟小天说："老同学见面，感觉怎么样？"

孟小天忽然感觉到李沧的声音里藏着微微的颤抖，她想起，在蝴蝶谷度假村的小木桥上，李沧的声音里也有过这种微微的颤抖。

孟小天没来得及多想，说："真没想到，他给你打工。"

李沧小眼睛一眯，流露出他一贯的微笑，然后继续工作。

孟小天也回过头来，继续看风景。

窗外的城市像一只头脑混乱的蜘蛛编的巨大的网。

这巨大的网上，粘贴着各种各样的爱、恨、快乐、忧伤。

一分钟之后，孟小天终于明白李沧的声音里为什么会有那种微微的颤抖了。

她想起一件事——

关栋，就是那个将李沧写给孟小天的情书贴在黑板报上的坏男孩！

……

报复。

当这两个字赫然显示在孟小天的脑海时,孟小天没有丝毫犹豫地转过身,大步走到李沧身边,道:"别弄了,说个事儿。"

李沧抬头,仿佛很无奈地看着自己撒娇的女朋友,微笑道:"不能等会儿吗?"

孟小天:"不能。"

李沧:"那你说。"

孟小天:"你爸究竟什么时候给我爸打那七个亿?"

李沧:"……有些细节还在谈吧,毕竟资金很大。"

孟小天:"是不是必须等我们领了结婚证?"

李沧:"……"

孟小天:"是不是?"

李沧:"……是。"

孟小天:"那我们什么时候领证?"

李沧:"你定。"

孟小天:"明天。"

李沧:"好。"

孟小天:"明天上午我会问好怎么办,下午两点你到我家来接我。"

李沧:"好。"

孟小天:"什么时候打款?"

李沧:"后天。"

孟小天:"可以。"

李沧:"后天晚上,我们两家人聚一下,吃个饭。"

孟小天:"可以。"

李沧:"那……我现在能吻你了吗?"

孟小天:"不能。"

李沧:"必须等领到证?"

孟小天:"必须等钱进账。"

李沧:"合理。"

孟小天:"那你忙吧,我先走了。"

李沧:"好的。"

孟小天:"拜。"

李沧:"拜。"

49　秒杀全宇宙

孟小天回到家。

吃午饭的时候,将她与李沧商量好的领证、打款、聚会等事项——告诉了妈妈娄秀云。

娄秀云听罢,手都有些发抖,放下筷子上楼去给孟玉堂打电话,虽然关了门,还是隐约传来娄秀云超激动的声音:"……玉堂,你有救了!咱们孟家有救了!……好了,这下好了!……"

回到饭桌上又眼含泪花地对孟小天说:"小天,你这次可算找对人了!你爸也为你高兴!他说的还真对,要相信你,相信你能明白什么才是真正的爱情!妈妈恭喜你!"

孟小天抱了抱妈妈:"谢谢妈妈!明天,我就是别人家的了,您舍得我吗?"

娄秀云眼泪滚落:"舍不得也要舍啊,女儿大了,迟

早要出嫁的……"

吃完饭,娄秀云心情大好,换了一套极名贵的衣服去打牌了。

孟小天也因为妈妈走的时候表现出的开心而开心。

回到自己的房间,孟小天甚至有些开心地想:我能值七个亿,也算豪华美女了,还能让爸爸妈妈这么开心,也算值了。

结了婚,我还要跟他要更名贵的车,要更豪华的房!

要好好地享受人生!

继而想:

真他妈的便宜了那个小苍蝇,老子还是处女呢!

继而又想:

不能便宜了他,我现在就上网去聊个男孩,不管阿猫阿狗,直接宾馆开房,一夜情。就算便宜一个陌生人,也不能便宜了小苍蝇!

继而再想:

如果让我在认识的男孩中选一个过夜,我会选择谁呢?……

脑子里立刻跳出那个人的名字。

并有给他打电话的冲动,嗨,麻烦你出来一下好吗?

我在某某宾馆某某房间等你。

　　什么事儿啊？没什么事儿，就是免费赠送美丽处女一名，并送可口晚餐一份，还报销来回打车费。然后……没有然后。

　　这么胡思乱想了半个小时，理智叫醒了孟小天——这一切，当然都是不可能的……
　　泪光刹那间朦胧了她忧伤的眼睛，和，冰凉的心……

　　她唯一想到的能做的一件事，一件不能便宜了李沧的事，一件对得起自己的事，就是找到他最后给她写的那封信，在落款的名字上，献上一个深深的吻。
　　这唯一可做的事，她做得当然非常认真。
　　戴上了假发，穿了那天去咖啡屋穿的那件银色的开满了金色花朵的裙子，化了淡淡的妩媚的妆，虔诚地坐到对面有窗、窗外有树的桌前。
　　缓缓地展开那封信，不去看那些绝情的文字，只望着那最后的签名。

　　江军

　　捧起那封信，就像高高地捧起了心中崇拜的神的像！

闭上眼睛，对着那个名字，慢慢地，深情地，将自己的嘴唇触了上去！

吻到了！

泪水立刻如大海般将自己淹没，尽情地淹没……

她贪婪地吻着，仿佛断奶的孩子最后一次吮吸妈妈的乳房……

仿佛临刑的死囚最后一次瞭望蔚蓝的天空……

仿佛必将渴死的恐龙在最后的时刻，去舔岩石上滑落的唯一的一滴露珠……

久久地，久久地舍不得移开自己的唇。

她知道，连这个名字，都只能是最后一吻了。被李沧亲过的嘴唇，再也没有资格来亲吻这个名字。

这一吻之后，她必将把这唯一的纪念撕成碎片。

或许，不必撕了，下一刻，泪水就会将它融化，彻底融化！……

她就这么吻着，不愿离去地吻着……

脑海里是万丈青山间的那片花的海洋！

他和她在鲜花里奔跑！

嬉笑！

唱歌！……

当然会想起那首藏头诗。

小天是猪。

想到他的恶作剧的诗,孟小天几乎要哭得笑出声来。

很偶然地想,唇下的这封信,会不会也是一首藏头诗呢。

看了很多遍的这封信,背也背下来了。

把每句开头的字连起来……

什么都不是。

还在幻想呢,真的是猪。

又更偶然地想,不是藏头,会不会是藏尾呢?

真是比猪还猪,怎么可能?

脑子的另一部分,却已经在不自觉地去连接……

孟小天:

对不起,我不想来。

来……

一个女的孟小天会让我觉得非常陌生。

生……

你愚弄了我,欺骗了我。

我……

现在会骗我，以后也会。

会……

我不知道你哪句话是真的，请去别处寻找你的真爱。

爱……

我不想再和你有任何联系，更不想再见你。

你……

忘了我吧，我也会忘了你的。

的……

七个字，一句话——

来生我会爱你的。

仿佛一道要将整个宇宙秒杀的霹雳骤然袭来！

孟小天吓得不敢流泪了……

50 无解之招

孟小天用颤抖的双手拨打江军的手机。
对方的手机已关机。
想起游紫儿说的江军一直在关机。
但关机也是好事,至少说明江军现在应该还在。
在这个世界上。

孟小天离开家,开上自己很多天没开的宝马,驱车赶到美术学院,在江军和罗觉的班主任老师那里,要到了罗觉的电话。

五点半,孟小天在一间动漫课件公司的办公室里见到了罗觉。只有他们两人。

罗觉给孟小天倒了一杯水,以很轻松的样子坐在孟小天身边:"怎么想起找我来了?要做东西吗?"

孟小天:"你不是替江军给了我一封信吗?那信里有七句话,每句话的最后一个字连起来,是'来生我会爱你的',这是什么意思?"

罗觉怔了怔,一时不知该说什么,琢磨了一下,准备开口。

"别和我说是巧合。"孟小天先说话了,盯着罗觉每一个细微的表情,"你知道,他爱我。告诉我,他出什么事儿了?别瞒我,如果他真的完全完全不想让我知道,就不会留这句话给我。告诉我吧。"

罗觉沉默了一分钟,眼眶湿润,终于说出了一切:

"去上训练营之前的一个多月,他就跟我说过,偶尔会觉得胸口不舒服,手有些麻,还是我拉着他去医院做了检查,还没拿到结果,他就去上课了。"

"从训练营回来的那天下午,他去医院拿到了结果,回来就哭了。他说不是为自己哭,是为了……你。"

"那是一种带有家族遗传性质的先天性心脏病。他爷爷,他三爷爷,他二伯,还有同村叔伯辈的四个其他人都是在很年轻的时候发现有这种病,然后,不超过半年就都……他父母没有,他很奇怪自己为什么会隔代中招。他还说,这种病初期反应很小,但中了就无解。"

"晚上,他给我看你发来的那条短信了,就是说第二天要开始和他恋爱的那条,他号啕大哭了将近一个小时,才给你回短信,说明天下午见。当时,他还想自己亲自去骗你，骂你一顿，但第二天上午，他明白，自己根本做不到，所以，才写了那封信，让我送去。只不过，这信里藏着的一句话，他没跟我说。"

"我回来以后，他的心情反而好了一些，还非要和我一起又工作了三天，把手上的工作做完，才回老家去了。后来就手机关机，再也没有联系上。"

"给我他老家的地址。"孟小天道。

罗觉凄然道："上周，我和几个同学去过了，很偏僻的一个小山村。村里人说他父母带着他看病去了，去哪里不知道，也没人知道他得的是什么病，我们也不敢深问，就回来了。"

又流泪道："他不想再见任何人。你不用去找他了，好好生活，快快乐乐的，就是对他最好的纪念。你知道，这是他的愿望。"

"你还是一个男孩子的那些天，他就怀疑自己是不是有了同性恋，说喜欢你喜欢得不行了，知道你是女孩子的那个晚上，简直乐疯了，给我打电话打到半夜，讲你们的事儿，讲你差点就给他……抹药，讲你们到一个百花原的地方疯玩，讲了好多好多……"

孟小天默默地听着，没哭。

沉默了片刻，罗觉想起一件事："哦，对了，我侵犯

了你的肖像权。我知道他从没见过你作为女孩子的样子，那天，我就偷偷地在咖啡屋外拍了一张你的照片，蓝牙到他手机上了。他像小孩子一样开心，连夸你是绝世美女，抱着手机猛亲。"

孟小天："照片清楚吗？"

罗觉："不太清楚，隔着玻璃窗，当时你正低头看信。"

孟小天："正面的侧面的？"

罗觉："侧面的。"

孟小天："……哦。"

又坐了一会儿，孟小天起身告辞，走到门口，又回过头来问罗觉："以前，他和你就在这间办公室工作啊？"

罗觉："对，旁边还有一间。"

孟小天认真地看了看这间办公室，才道："能给我看看另一间吗？"

罗觉："好。"

罗觉带孟小天来到另一间办公室，有两个男孩子在对着电脑做动漫。

孟小天来回细细地看了看，道："条件够简陋的。"

罗觉："刚开始创业，都这样。不过，我和江军都很有信心把公司做起来。"

出了门到走廊里，孟小天想起一件事："我从来没看过江军画的画儿,你这儿有没有什么他画的东西,给我看看。"

罗觉想了想:"……没有,没有纸上的东西……对了,我电脑里保存着一段Flash,是他为一首歌做的,独立完成的,你想看吗?"

孟小天:"想看。"

罗觉又把孟小天带回第一间办公室,打开电脑,找到江军做的Flash,为孟小天演示。

是《两只蝴蝶》。

"这是他大四的时候做的。"

画面上,是一个男孩和一个女孩在跳舞,一会儿,画面一叠,两个人变成两只蝴蝶了,在花丛里飞舞,再一会儿,两只蝴蝶又变成两个小人了,又跳舞,好多片段是重复粘贴的。

孟小天看了好几遍,最后笑笑总结道:"说实话,做得不怎么好看。"

罗觉:"这些就是玩玩儿,我们主要做培训课件。"

孟小天再次告辞,罗觉将她送到电梯口。

上电梯前,罗觉小心问道:"你……没事儿吧?"

孟小天微笑道:"我没事,我会按照他的愿望,好好生活的。"

说完，走进电梯间，向罗觉摆摆手。

电梯门慢慢地将罗觉担忧的面容遮在门外。

51 红尘间，心有灵犀

孟小天驱车在城市的夜色里随意行驶，遇红灯就拐弯，大街，小巷，也不知道自己去了哪里。

脑子里翻飞着江军做的 Flash 里的不怎么精美的蝴蝶。

觉得饿了，就在路边一家快餐店吃了一份套餐。

吃完了，呆呆坐着。坐了一会儿，拿出手机，想给妙姐或某个朋友打电话，但最终没打。

走出快餐店，上车，继续随意地开。

不想回家，真的不想回家。

孟小天将车停在路边，给妈妈发短信——

妈：长这么大，我从来没在外面玩过，明天就要嫁人了，今晚我想和几个朋友好好聚聚、玩玩，不回家了，能批准吗？

片刻后收到妈妈的回信——

我和你爸商量了,准了!你爸已经定了后天和李家聚会的包间,其他的事也都准备好了。你别操心。开心玩吧,但是千万别喝酒,开车也要小心。明天早点回来。

孟小天回短信——
谢爸爸妈妈恩准。明天见!

发了短信,却又觉得无处可去,真的无处可去。
于是又开车,继续随意行驶。不看路牌标志,跟着感觉走。
周围的车,人,灯渐渐少了,大约是出城了吧。
但孟小天没有回头,反而继续向灯光更少的方向行驶。
今夜,至少今夜,我要离开家,离开这个城市!
去哪里呢?
孟小天不知道,直到她看见了一片林——
桃林。

孟小天把车斜停在路边,将车灯斜斜地照着,下车,去看那片桃林。
是的,就是这里。
泪水迷蒙双眼的同时,孟小天欣喜地发现,三个多月前的桃花已经长成桃子了!

车灯的光束里,樱桃般小小的可爱的桃子顽皮地藏在密密的桃叶间,探头探脑,好奇地偷窥着黑夜中的女孩。你来这里干吗呀?

孟小天笑了笑,仿佛告诉小桃子们,在你们来到这个世界前,在这里,我第一次见到了他。

一阵清凉的夏夜的风吹过,桃子们哗地笑了。

孟小天终于知道了自己要去的地方。

再上车,车速也快了起来,风驰电掣般赶到了蝴蝶谷度假村。

进大门后,孟小天开车缓缓滑过那条静静的柳荫道,开进停车场,下车,走过熟悉的小木桥,来到白桦林外的住宿登记处。

点名要开小木屋区的星星阁。

服务员查了查说:"对不起,星星阁有客人。"

孟小天想想,问:"仙女堡呢?"

"仙女堡……在,给您开这间?"

"好的。"

拿了钥匙,孟小天向门外走去。忽然,一个想法袭进脑海,让她停下脚步,回过头来。

孟小天问:"星星阁里住的什么人?是个男孩吗?"

服务员查看一下道:"住着……住着一对英国夫妇,带着一个小孩儿。"

孟小天:"……哦。"

走进夏夜的白桦林,夜风穿林而过,看着那些鹅卵石小道旁的低矮路灯,孟小天的心一下沉静下来,甚至愉快起来。

没错,这就是我要来的地方。

如果可以住到星星阁就更好了。

孟小天留恋地看看星星阁,亮着灯,似乎有孩子的嬉笑声。

转身走到仙女堡,开门进去。

亮了灯,坐在游紫儿曾经睡过的床上,仿佛离家多年的游子回到了自己儿时的卧榻,那么踏实,那么亲切。

而她只在这里住了六天而已,还是在那边房间的床上。

但这种类似的感觉已经足够了。

她已经可以静下心来比较清晰地考虑江军的事。

江军……

星星阁里的六个日夜快进般欢乐地闪过……

倒了杯水，想了二十分钟，确定了自己马上要做的一件事。

给江军打手机。

如预料，关机。

然后开始给江军发短信，她相信他会看到的。

如果他完全不想让我知道他的爱，他不会藏那句话。

如果他完全不想让我找到他，他可以停机，而不是关机。

关机就有可能偶尔开机，偶尔开机就有可能看到我的短信。

泪水模糊了孟小天的周围的世界……

他……他是觉得应该离开我，但又那么那么不舍得离开我，所以，给自己的绝情留了漏洞，一个小得不能再小的漏洞，祈祷着不要被我发现，也祈祷着可以被我发现……

而我，也是那么那么不舍得离开他，所以，我会很细心很细心地去寻找那个很难找到的漏洞，我找到了！……

红尘间，心有灵犀。

孟小天擦擦泪，给江军的手机发去以下文字——

你要说的话，被我发现了，也听罗觉讲了你的阴谋诡计，怎么样，还敢不敢说小天是猪了？既然被我发现了，就老实现身吧！

告诉你，我没有那么脆弱，只求最后见你一面，亲眼看着你对我说一句，我爱你。来生太遥远了，就今生。

短信发完了，孟小天似乎轻松了许多，甚至去洗了个澡。

时间不早了，摊开被子，钻了进去。

躺在床上，她脑子里有太多的问题：

明天，还和不和李沧领结婚证？

不领，会怎么样？

爸爸还会不会崩溃，甚至自杀？

要不要去找江军？

到哪里找？

像罗觉一样去他们老家？

或者，能不能通过手机定位寻找他？

……

没有答案。

但孟小天还是很快就睡了。

因为，她想好了一件事。

确定要做的一件事。

非常确定。

所以她必须好好休息。

孟小天睡着了。

窗外的风也渐渐息了,小木屋不再发出哪怕一点点的咯吱声。

星星阁的一家三口也早已睡了,白桦林中也没有任何人声喧闹。

树叶都尽量地不摇摆。

猫儿们都远远地躲到小青河南岸,并且悄悄地卧着,睡不着也望月亮。

而月亮滑冰般轻轻地移进云层。

整个太阳系都格外小心地旋转,今夜,哪颗小行星都不许随便跑。

每一种存在都害怕扰了孟小天的梦。

全宇宙,静静的,静静的……

只有她酣畅、均匀、美丽的呼吸。

52　我要呼吸我的爱

早五点，天刚亮，孟小天就走出仙女堡，穿过林间薄薄的晨曦，沿着小青河向东，经过铁索桥边时，绕道蝴蝶谷村的背后，向万松岭上爬去。

昨天出门时，孟小天就换了一件 T 恤和牛仔短裤，脚下是运动鞋，很适合爬山，好像就是为今晨爬山准备的。

是个阴天，太阳躲在阴阴的云层里，山风瑟瑟，起初有些冷，但爬了不到二十分钟，孟小天就大汗淋漓了。

六点半，孟小天站在了蝶不过的脚下。

漫天的阴云笼罩着蝶不过。

无边的青山支撑着蝶不过。

蝶不过，像大地的手插进天空的一把钥匙，只要轻轻一转，云层就会被旋散，蓝天与阳光就会恢弘绮丽地呈现……

而它，并不旋转，只是静静地插在天心，冰冷，骄傲，隐藏着人间最惊悚的危险。

孟小天仰望着蝶不过，下嘴唇轻叩上嘴唇，往上吹了口气，笑了。

甜甜地、开心地笑了。

仿佛走失的孩子转来转去，终于望见了自己的家门。

仿佛沙漠里迷路多天的游客转来转去，终于望见了有云彩倒影的湖水。

那冰冷，那骄傲，那危险，在她眼里，都成了一种召唤，极亲切的召唤。

上来吧，这里就是你该来的地方。

孟小天擦擦汗，开始攀爬。

她认为自己不会怕的，毕竟爬过一次了。

爬了没几步，却还是怕了，因为，上次有他，这次，没有他。

两侧的悬崖仿佛两张巨兽的大口，随时等着将她无情地吞噬，就算不去看，也能感觉到那深不见底的恐怖。

怕归怕，她却没有停下攀爬的动作。

一步，又一步……

离峰顶越来越近……

越来越恐惧,却也越来越兴奋……

只因为,爬过蝶不过,冲下去,就是百花原了。

百花原啊!

要去,我要去!

快一点,再快一点!

至于下午是不是要……

明天是不是要……

未来是不是要……

都可以不考虑,都可以忘记。

像一个毒瘾很深的瘾君子,在她的脑子里,只有唯一的一种冲动——先得到她需要得到的东西。

其他一切的一切,都已经无所谓。

那东西就在百花原……

那里的花开放着他的味道!

那里的风吹拂着他的气息!

那里的远山依稀着他的身影!

那里的空气飘散着他的歌声!

爬过蝶不过,就可以尽情地感受,就可以彻底地融化!

那东西的名字,叫做爱。

我要呼吸我的爱!

一步,再上一步!

恐惧来得再多一点吧,兴奋来得再多一点吧!

终于,在距离顶峰一米多的位置,恐惧和兴奋都达到了极点,孟小天无法承受的极点。

她忽然大哭起来!

将头埋在岩壁,两手抓着岩石的缝隙,号啕大哭……

在天地的接点上,在最危险的陡峰的最陡处,一个小小的女孩,委屈地、痛苦地、恐惧地、兴奋地大哭起来……

哭声像脱缰的惊马,肆无忌惮地在漫天的阴云里来回驰骋,像溅落的瀑布,尽情尽兴地从万丈青山上飞流直下……

太阳忍不住从云层里探出一点头来,俯视着他亲爱的地球上的这个孩子,用阳光轻轻地说:哭吧,孩子。

哭吧,孩子……

"好了,抬头!"

忽然,一个声音从孟小天头顶传来。

孟小天惊讶地抬头睁眼——是他!

真的是他!

不知什么时候，江军已经趴在峰顶，一只胳膊伸下来，大手向他张开，微笑道："别怕，来！"

孟小天立刻不哭了，甚至开心地笑起来。

不知什么时候，阴云散尽，太阳移到了天空的正中，江军的脑后。

太阳的光晕里，微笑的江军宛若刚刚降临人间、匍匐在最高峰的银甲天神！

而那光芒四射的微笑之外，没有别的，只有青天澄澈，白云飞扬！……

孟小天开心极了，幸福极了，激动极了！

颤颤地伸出一只手，握住了江军的手。

孟小天放心地将自己的重心，整个生命的重心，都交到那只手里！

江军大手握小手，一用劲！

上！

……

幻觉忽然消失。

太阳忽然消失。

江军忽然消失。

孟小天在须臾间傻傻地发现——

她，握空了！……

53 终极憧憬

江军以为醒不过来了。

但今天凌晨,江军忽然醒了。

在某个城市的某个医院里,江军从深度昏迷中悠悠醒来。

而且,很清醒。

比上次从昏迷中醒来,清醒得多。

看见了爹苍老的手,看见了娘苍白的发。

江军对爹娘笑了笑。

娘流着泪,也对他笑了笑。

爹说:"军啊,你会好的……"

但他们都知道,江军的时间不多了,三天前,医生就说,只有三天了。

娘说:"军啊,你还有什么要说的?"

江军笑着摇摇头。

该说的都说了，该安排的都安排了。

他知道，这次清醒是老天爷给他安排的，因为，他还有一件事没有做。

江军似乎听见自己的心脏说："快做啊，支撑不了一会儿了！"

江军抬起手，指了指一样东西——放在桌上的手机。

江军让爹娘把手机放在那里的。

没电了就充电，但从不开机。

爹赶忙把手机拿过来，递到江军手里。

爹问："要开吗？"

江军合了合眼，爹忙把手机打开了。

江军微笑地去看屏幕，等着孟小天跳出来。

一亮，跳出来了！

隔着咖啡屋的玻璃，孟小天在看一封信。

玻璃上还有"Coffee"字样。

孟小天穿着一件开满金色花朵的银色的裙子。

可惜只有上半身，但江军已经千万次的想象，那全身的样子会有多美。

侧脸。

微微低着头，波浪的长发遮住了耳朵，露出来的脸部也很模糊。

但江军还是忍不住在心里又骂了一遍：妈的，这小子原来真是个女的，还这么美。怪不得第一次见她，我就有那种感觉！

是个女的！

真想抱着手机再狠狠亲，但当着爹娘，不好意思。

就算以后亲不到了，就算生命将逝，但当着爹娘，还是不好意思。

江军知道，这就是传说中的闷骚。

很闷。

但是绝对骚。

在想象里亲吧！

不由小心地看了爹娘一眼，生怕自己心里的念头被发现。

正在这时，那条短信跳出来了——

你要说的话，被我发现了，也听罗觉讲了你的阴谋诡计，怎么样，还敢不敢说小天是猪了？既然被我发现了，就老实现身吧！

告诉你,我没有那么脆弱,只求最后见你一面,亲眼看着你对我说一句,我爱你。来生太遥远了,就今生。

江军苦笑一下,又听见自己的心脏说:"快啊老大,真撑不住了!……"

江军知道自己留下的漏洞被发现了,这个电话当然可以打。

问题是我还能不能说话?

江军积攒起所有的力量,轻轻喊了声:"爹,娘……"

爹娘急忙答应,看着垂危的儿子。

江军知道还好,还能说那三个字,就省了力气,示意爹将他的手和手机一起拿到他耳边。

其实他最想说的不是我爱你,是——

小天,我真的不是那么想和梅老师做朋友,是你非逼我说一个人,我就瞎说了。当然,梅老师也不错,可你应该知道,我那是瞎想,不是真的。你可不能抓着这个小辫子不放!

说实话,我最想和你做朋友。骗你是小狗……

问题是这段话也太长了,根本没力气说,还当着爹娘,也没法而说啊!

虽然很老套,还是说我爱你吧。

嗯,准备好了。

我爱你。

还有力气的话,就加一句——

小天,我爱你。

江军按下了"回复电话"。

嘟——嘟——嘟——嘟——

光嘟,就是没人接。

江军心里骂道:妈的,快接呀!

电话断了,江军按"重拨"。

快接呀!

江军再次聚集起最后的力量,足够说出那三个字的力量!

也许是只能说出那三个字的力量!

快接呀!

嘟——嘟——嘟——嘟——

电话又断了,江军再按"重拨"。

第四次时,江军听见自己的心脏说:"抱歉,实在是……撑不住了……"

江军无奈地叹出一口气。

最后一口气!

这口气吐尽后,江军心道——

看我……下辈子……怎么收拾你……

眼前完全黑下来了,黑下来了……

像那个暴雨之夜那么黑,他看见自己在夜雨中的百花原,撑着伞,打着手电,手电光在急急的雨束里来回晃动……

他听见自己在呼喊:"小天!……孟小天!……你在哪里?……"

……

……

……

三天后,江军遗体火化。江军爹娘不知道儿子临走前要把电话打给谁,也没有去查,但把江军的手机放进了骨灰盒里。

那个号码还在,只要一按"重拨",就可以随时拨出。

54 飞回我自己

孟小天安静地坠落着。

甚至可以看见小松鼠灵巧地跳过向天上飞去的岩壁。

没有一点害怕,好像下面会有一个极大极舒服的席梦思接着,旁边还躺着江军。

忽然,半空中传来歌声:"亲爱的……"

靠!

孟小天仰面朝天地摔在蝴蝶谷。

是他的电话!

"……你慢慢飞……"

然后是自己的大笑声:"救命啊,狼来了!"

真的是他的电话!

赶紧接!

孟小天想抬头,却发现头抬不起来,脑后有东西汩汩地流出……

不会吧?我真要……

江军更加豪情奔放的歌声:"小心前边带刺的玫瑰,亲爱的,你张张嘴……"

继而是自己笑道:"求求你别唱了!"

唱的实在是难听,早知道不把这段做手机铃声。

头动不了,就动手吧。

好像手机铃声从右边来,孟小天用右手来回摸索,只有草,石头,没有摸到!

急啊!

脑后还在汩汩地流……

眼前的天空渐渐黑下来,黑下来……

江军大喊一句"现在后悔,晚了",扯开嗓子继续,"风中花香会让你沉醉……亲爱的,来跳个舞……"

孟小天:"还没穿过丛林去看小溪水呢,少了一句。"

江军才不管,"爱的春天不会有天黑"后,直奔高潮……

不会在左边吧,又用左手摸……
草,石头,没有手机!

我和你缠缠绵绵翩翩飞
飞越红尘永相随……

打通电话他会说什么呢,我爱你?
我说什么呀,也说我爱你呀?
太俗了,我应该说:江军你这个王八蛋,你傻呀,本来还可以好好相处几个月,都是你这头猪搞成这样,快说你在哪里!我去找你!
嗯,就这么说!

追逐你一生,爱恋我千回
不辜负你的柔情我的美……

问题是,摸不到手机啊!
脑后的东西还在流,天还在黑!……
什么爱的春天不会有天黑,这不黑了吗?

歌声停了。
孟小天流泪了。

天空完全黑下来了。

忽然:"亲爱的,你慢慢飞……"
靠,又来了!
果然又听见自己的大笑:"狼来了,救命啊!……"

孟小天的双手又挣扎着摸起来!……

小心前面带刺的玫瑰
亲爱的,你张张嘴……

终于,孟小天的手也动不了了。脑后的东西还在像泉水一样流……

孟小天索性也不挣扎了,静静地欣赏江军放肆的难听的演唱!
太难听了,太可笑了!
孟小天发现自己居然还能笑。
就尽情地笑,最灿烂、最甜美、最可爱的笑!

我和你缠缠绵绵翩翩飞
飞越这红尘永相随……

忽然,黑了的天像被按了开关一样,唰地亮起来!

哇,好蔚蓝的天空啊!

真想飞上去!……

天上飘来一朵洁白的云,云端,立了一个长袖的古装丽人。

浑身散着五彩的光芒,美得无法形容。

英台姐姐!

孟小天傻傻地问:"英台姐姐,你和我的故事,只能是这样的结局吗?"

英台姐姐凄然笑道:"哪有什么你和我,只有我。"

孟小天愣了愣,忽然,发现自己的身体飘起来了!

哇,我可以飞啊!

孟小天向天上飞去,向英台姐姐飞去,一边飞,一边琢磨英台姐姐的话,怎么会只有我呢?

飞着飞着,孟小天明白了。

因为,她飞到祝英台身体里去了!

原来,我就是英台姐姐!英台姐姐就是我!……

祝英台挥了挥衣袖,化成一束绚丽的光,向宇宙的深处一闪!

消失了!

……

……

……

下午四点多,一位农民伯伯发现了蝴蝶谷底躺着一个女孩。

那女孩已经断气了,头摔在一块石头上,脑后是一摊血。

女孩的手好像在摸索什么。距离她右手食指两寸的地方,是一部手机。

最让农民伯伯奇怪的是,那女孩好像很开心的样子,怎么会笑得那么甜呢?……

55 蝶梦悠悠

迷蒙的晨曦里,蝴蝶谷度假村的门被微风轻轻地推开了。

两只蝴蝶,一红一蓝,快乐地飞进去。

红得像一团小小的火焰。

蓝得像一片小小的蓝天。

火焰常常飞在前面,跳跃着,燃烧着……

蓝天悠悠地跟在后面,飘飘荡荡,不紧不慢,却绝不会离开火焰很远……

两只蝶飞过长长的深深的柳荫道,在飘拂的柳枝间,在细小的柳叶旁,高高低低地上下盘旋……

从柳荫里钻出来,它们沿着小青河河畔飞,本可以直接过河的,偏要飞到小木桥,从小木桥上飞着过……

火焰顽皮地旋到桥底，从另一侧翻上来，却发现蓝天不见了！

火焰急急地找，翅膀振得好快，来回兜了几圈，猛然发现蓝天，居然，安静地卧在一瓣玉兰花的背后！

火焰生气地向蓝天冲去，好像还发出细细的尖叫，蓝天小小地笑着，躲开这一冲，向白桦林方向快速地荡过去……

两只蝶追逐嬉戏着飞进白桦林，在星星阁外，留恋地绕了好多圈，好多圈……

告别了白桦林，它们贴着小青河的河面向东飞，飞上铁索桥，双双立在摇摇晃晃的铁索上，静静地凝望水光山色……

一位村妇抱着几个月大的婴儿经过铁索桥，婴儿随意地向远远的山望了一眼，蓝天和火焰立即毫不犹豫地抓住这次机会，乘坐这一束目光，倏忽一下降临在万松岭的山脊上。

两只蝶向蝶不过的峰顶飞去……

风来了！雨来了！阻拦着它们飞上蝶不过。

风儿吹斜了它们的身体，雨滴淋湿了它们的翅膀。

但它们还在努力地飞，向上飞，飞！

终于，风雨里，它们飞过去了，飞过去了！……

两只蝶,飞过了蝶不过……

……

……

……

很多年以后的一个深夜,孟小明斜靠着枕头,半躺在床上,借着床头灯,看他和妻子游紫儿办的网店的财务报表,忽然,他听见了身边的游紫儿的梦呓——

"它们飞过去了!飞过去了……"

孟小明愣了愣,连忙放下报表,将一只手臂从游紫儿颈下穿过,轻轻揽住爱妻,又用另一只手,温柔地去拍游紫儿的肩膀。

孟小明看见游紫儿闭着的眼睛里滚落出泪珠,不由将妻子抱得紧了一些,心中道——

亲爱的,不管你梦到了什么,都不要哭泣。

因为,我会永远爱你。

我们一定会恩爱一生。

一定。